COUPABLE LIBERTÉ

Jean-Yves Le Borgne

Coupable liberté

roman

Fayard

Couverture : Cheeri
Photographie de couverture : © Joël Saget/AFP

ISBN : 978-2-213-73123-0
Dépôt légal : janvier 2025.

Prologue

Depuis combien de temps s'était donc installé ce malaise ? À quoi pouvait bien être due cette gêne, si difficile à cerner qu'on aurait pu la prendre pour une illusion ? Les idées sont parfois des leurres, des formes confuses dont on ne voit pas très clairement le sens, au point qu'on finit par douter de leur réalité ; mais cette façon d'être mal dans sa peau ne trompe pas ; la douleur n'est jamais un fantasme, même quand la cause du mal nous échappe. On a beau se dire que rien ne justifie un quelconque accablement, le fait est là, on souffre et on voudrait bien que ça s'arrête. Une vague intuition suggère que la découverte de la cause serait de nature à neutraliser la conséquence, mais cette recherche de l'origine est rarement salvatrice.

La tristesse n'est pas un état qu'on accepte facilement, tant elle vous identifie comme un faible, mais quand des raisons fortes en sont la cause, la normalité de la situation dispense au moins de la honte. On se dit que la souffrance est normale, que le chagrin s'estompe avec le temps et qu'on finira par prendre de la distance avec le malheur. Théo avait été bouleversé par la mort de son père, un an plus tôt, dans un stupide accident d'avion survenu en Amérique. Le vieil homme n'avait jamais voulu renoncer à piloter ; il allait avoir quatre-vingts ans et ses réflexes avaient dû le trahir. Le petit avion de tourisme avait disparu dans l'Atlantique et l'on n'avait jamais retrouvé ni l'épave ni les corps des deux passagers. Si au moins il avait été possible d'organiser des funérailles, d'entrer dans le rituel du dernier adieu, de procéder comme Théo avait dû inconsciemment prévoir qu'il le ferait le moment venu. La disparition ajoute au deuil une coloration pénible d'incertitude, l'espoir malsain que la mort ne sera pas le fin mot de l'histoire, l'annonce murmurée que bientôt tout redeviendra comme avant. On s'installe dans l'attente. Le renoncement serait une trahison, il ressemblerait au consentement donné à une fin qui pourrait n'être encore qu'une fausse nouvelle. Un décès franc, incontestable comme un corps froid, rejette le disparu dans le passé. On se dit avec une tendre tristesse qu'on a vécu ce qu'il fallait vivre, qu'on a pris et donné tout ce qu'il était possible d'espérer de l'autre et du hasard, et on installe le souvenir dans son petit musée personnel des joies révolues.

Le père et le fils avaient toujours été proches. Ils se comprenaient sans avoir besoin de se parler.

L'amour les dispensait des développements interminables qu'on est contraint d'avoir avec ceux dont une barrière invisible nous sépare. Comme si l'humanité se composait de ceux avec lesquels l'explication est superflue et ceux dont, irrémédiablement, on ne parlera jamais la langue. Il est vrai qu'il y a aussi ceux avec qui le discours est un lien, l'accouchement d'une pensée, l'hommage à une ressemblance, la célébration d'une fraternité. Depuis l'annonce de l'accident, Théo n'avait jamais pu trancher entre l'espoir déraisonnable de la réapparition de son père et l'entrée nostalgique dans l'évocation des bonheurs passés. Cette hésitation ne devait pas être pour rien dans son état.

Au mystère qui entourait le sort de son père s'ajoutait une autre énigme qui empêchait que se referme la blessure. Quelques jours avant l'accident, il avait écrit à Théo une lettre dont le ton enthousiaste et joyeux annonçait un plaisir de vivre qui rendait la mort encore plus scandaleuse. Théo s'était réjoui de cet état d'esprit, bien qu'il n'ait pu comprendre ce que voulait dire la formule : « De grandes choses se préparent dont je ne puis encore te parler ; mais d'ici quelques semaines ce sera comme un coup de tonnerre. J'espère que tu viendras ici fêter l'événement. Tu sais que ta présence change pour moi la saveur du monde. » Après l'accident, Théo avait tenté d'élucider ces propos sibyllins. Il avait mené une enquête à Boston, où s'était produit le crash, mais en vain. Il aurait aimé pouvoir interroger l'associé de son père, qui depuis cinquante ans l'accompagnait dans toutes ses entreprises. Mais ils avaient disparu ensemble ; le seul confident qu'il connaissait au défunt l'avait suivi dans le néant. Quant aux autres il n'avait pu en tirer le moindre renseignement utile. Les personnes privées se muraient dans une curieuse réserve, comme si elles s'efforçaient de cacher l'inavouable, et les autorités disaient ne pas être en mesure de répondre à la question, ce qui tout bien considéré était plus admissible.

En marge de ce deuil, il y avait autre chose que Théo avait du mal à admettre. Il avait toujours pensé que le monde dans lequel il vivait était le meilleur qu'on pût imaginer. À ses yeux, l'histoire n'avait été qu'un long cheminement pour parvenir enfin, après de multiples soubresauts, à une sorte de perfection construite sur l'exemple négatif des errements du passé. Cette certitude rendait incongru et même malséant qu'il se sentît mal. Son état dépressif sonnait comme un désaveu, presque une condamnation d'un ordre social qu'il n'avait cessé de défendre et d'aimer.

Il accueillit la sonnerie du téléphone avec soulagement, comme un rappel à la vie.

« Allô, c'est Didier. Tu sais, Didier, l'ami de toujours, le copain d'école. Ça te dit quelque chose ?

– Arrête de faire l'idiot, répliqua Théo en étouffant un rire.

– Tu te souviens que tu devais m'appeler dès la fin de l'année universitaire ?

– Oui, oui.

– C'est donc une abstention volontaire, conclut Didier en affectant un ton tragique.

– Peut-être...

– Je pourrais comprendre que la seule idée de me voir te rende malade mais, depuis trente ans que nous cheminons de conserve, le symptôme serait bien tardif. Et puis ta voix me dit autre chose.

– Ma voix ? Qu'est-ce qu'elle te raconte, ma voix ?

– Que tu déprimes, mon vieux.

– Tu es fou !

– Entre un dépressif et un psychopathe, tu imagines le dialogue ? On ne peut pas rater ça ! Vivons la scène sans tarder. Dans vingt minutes, place de la Contrescarpe, au bistrot habituel. Ne me dis pas que tu ne peux pas. La Sorbonne est déserte et Léa n'est pas à Paris.

– Bon, si tu veux », admit mollement Théo.

Il n'était pas homme à se soumettre. Sans y avoir jamais vraiment pensé, il se plaçait spontanément dans le haut de l'échelle sociale, parmi ceux qui décidaient de ce que devait être le monde. Son niveau culturel et sa fortune rendaient ce positionnement évident. Bien sûr, il y avait au-dessus de tous l'ordre social, ce curieux mélange d'autorité politique et d'obligation morale plus ou moins sacralisée. Aujourd'hui il était loin de ces considérations. Une sorte d'engourdissement de l'esprit et du corps l'avait rendu passif, indifférent, prêt à accepter n'importe quelle objurgation. Le rendez-vous impératif que venait de lui donner Didier était un soulagement, l'inscription inattendue d'un sens dans un moment qui n'avait pas vocation à en avoir le moindre, comme si le devenir, le futur, l'espoir s'étaient retirés de sa vie pour lui faire percevoir l'absurdité de toute chose.

Didier était déjà installé quand Théo arriva. Il ne se leva pas pour lui donner l'accolade, comme il le faisait souvent. Il laissa son ami s'asseoir et lui dit à voix basse, comme pour dissimuler un sentiment impudique : « Je suis content de te voir. » Théo eut un sourire discret et empreint de tristesse.

« Si tu me permets un jugement neutre, je veux dire un constat dépourvu de toute malveillance, tu sembles avoir abandonné ton élégance habituelle. Est-ce par inadvertance ou Brummel a-t-il décidé de faire peuple ?

– La vérité est plus simple, répondit Théo. Je suis venu comme j'étais. Je n'ai pas pensé un instant que tu serais sensible à des effets de garde-robe.

– Tu sais bien que je me moque éperdument de ces considérations. Ce qui appelle mon attention, c'est toi, ce que cette mise révèle, ce que cette barbe de trois jours laisse deviner. Je sais bien que Léa n'est pas là, mais le souci de l'élégance n'est pas qu'un stratagème de séduction, c'est une manière d'être, un effort consacré à l'idée de soi-même dont on lit le reflet dans le regard des autres.

– Tu as raison, j'ai dû avoir un moment de faiblesse. Je vais me reprendre.

– En cette fin d'année, les obligations s'estompent, le rythme de vie change brutalement. On peut comprendre que tu sois en position instable. Quand nous quittons les chemins de l'habitude, il nous faut un moment pour trouver d'autres marques.

– Oui, ce doit être cela », s'empressa d'acquiescer Théo pour éviter le soupçon que son état ait une cause moins avouable.

Il ajouta, comme par mégarde : « Tu as raison, quand on change de rythme et d'habitudes, le monde devient flou, incertain, presque confus. On ne sait plus très bien où se place le devoir ni en quoi il faut croire.

– Si tu vacilles quelque peu dans tes convictions sociales, risqua Didier, il te reste une base privée solide, une référence affective forte, dont on dit qu'elle suffit à faire le bonheur d'un homme : tu épouses Léa dans quelques jours. Il faudra d'ailleurs que tu me dises où et quand se déroule la cérémonie puisque je suis de la fête.

– Tu sais bien qu'on ne se marie plus, enfin, plus comme jadis. Nous allons nous soumettre au processus administratif de la conjugalisation. J'en suis heureux, mais cela ne va pas bouleverser notre vie.

– En t'entendant, je me demande si nous n'avons pas réussi à banaliser l'amour, à interdire la passion. Pour nous, la vertu est une sagesse obéissante qui se rapproche de l'immobilité et qui flirte, sans s'en rendre compte, avec la mort. Je crains qu'un jour il ne nous reste plus que la révolte pour sentir le frémissement de la vie, un mouvement absurde qui n'aura rien de politique, un réflexe pour échapper à la momification.

– Tu penses vraiment ce que tu dis ou tu plaisantes ?

– Je me le demande.

– Parce que ton propos est franchement séditieux, commenta Théo avec sérieux. C'est un discours de réfractaire. Tu voudrais retrouver un amour de la vie qu'un ordre inhumain aurait interdit. Tu prétendais tout à l'heure que je m'égarais. Cette fois, c'est toi qui dérapes.

– Puisque j'ai franchi le pas, continuons : tu ne crois pas que Léa t'aimerait en révolutionnaire ? Je la sens parfois proche de l'opposition violente, encline à préférer le combat à une morne tranquillité.

– Au niveau de la conversation, peut-être. Le temps d'une soirée, pour sentir le frisson de l'interdit dans un jeu de rôle, certainement. Mais elle ne cache pas son amour du confort, son besoin de la considération des autres et sa détestation de la marginalité.

– Alors, tu crois que je fais erreur ?

– On se laisse aller, mon vieux. Il est temps de se reprendre. J'ajoute – car tu posais le constat comme une évidence – que je ne vacille pas dans mes convictions sociales. Je ne suis ni un tiède, ni un sceptique, encore moins un désabusé. Quand tu m'as appelé tout à l'heure, j'envisageais un nouveau et vaste projet.

– Tu peux m'en dire plus ?

– Dans les grandes lignes seulement. Je n'en suis encore qu'à une conception très abstraite. Je vais écrire un roman.

– Non ? fit Didier, incrédule. Un roman ? Mais ce n'est pas du tout ton genre. Un roman, ce sont les petites histoires de gens qui n'ont pas toujours un grand intérêt et auxquels il arrive, au mieux, des aventures qui les dépassent. Je t'imagine évoquant la régression de la liberté, la finalité de l'existence humaine, l'injustice de l'égalité triomphante, l'effacement de Dieu et la préférence pour des jouissances faciles et ordinaires. Mais un roman ?

– Tu crois que je ne serais pas capable d'écrire la vie d'individus de chair, leurs pulsions, leurs faiblesses, leurs espérances trahies ?

– Là n'est pas la question. Je ne songeais pas à tes capacités intellectuelles, mais à ton profil, à l'idée que je me fais de ta mission, de ton destin. Tu voues ta réflexion à l'homme éternel auprès duquel le héros de ton roman fera pâle figure. Tu te préoccupes du devoir des individus dans l'histoire, pas de leurs pulsions sexuelles ni des trahisons médiocres dont ils sont capables. Tu es installé dans la pureté de l'idée et tu vas nous parler de combinaisons mesquines pour servir des ambitions misérables ? Ce que tu aimes, c'est la généralité qui se cache dans l'événement, dont tu te moques comme d'une guigne. Et tu te consacrerais tout à coup à ce qui pour toi n'a aucune importance ! Pour être sincère, je préférerais que ce projet farfelu soit un joli mensonge pour dissimuler une distance dépressive à l'égard de toute chose. Si je t'ai arraché à un de ces moments de vide où l'on s'interroge sur le sens de la vie, tu pourrais me faire l'amitié de le reconnaître et nous passerions à autre chose.

– Le roman, c'est aussi l'irresponsabilité, l'immoralité gratuite, une forme de réalité donnée au fantasme, à tout ce que la vie interdit, répliqua Théo en fixant l'infini. J'y ai bien réfléchi, je ne trouverai aucune façon de vivre, aucun lieu où aient ainsi miraculeusement disparu l'impudeur et la faute. Tu imagines ce que représente la découverte d'un univers où il soit impossible d'être coupable ?

– On pourrait penser à t'entendre que les règles qui sont les nôtres t'accablent et que tout est bon à tes yeux pour fuir un monde que tu subis dans la douleur. »

Théo sembla ne pas entendre l'interpellation de son ami ; il se rapprocha de lui et lui dit à l'oreille :

« Tu ne trouves pas quelque chose de louche à ce type assis par terre là-bas ? N'est-il pas clair qu'il me surveille ? Je me sens épié, espionné en permanence ; c'est vraiment pénible.

– Depuis quand as-tu cette impression ?

– Disons depuis quelques mois. Peu après la disparition de mon père. Des anomalies diverses ont surgi dans ma vie. Des objets se retrouvaient chez moi à une place inhabituelle. Je croisais curieusement les mêmes inconnus dans une même journée. Je sentais qu'on m'observait, qu'on me suivait. Tout cela est ridicule, n'est-ce pas ? Je dois perdre la tête.

– Je ne saurais dire si tes craintes sont imaginaires, même si je ne vois pas ce qui pourrait en expliquer la réalité. Peut-être te perçois-tu comme non conforme à ce que tu voudrais être ? Peut-être te reproches-tu un manque d'entrain, de ferveur, qui te rend suspect à tes propres yeux et t'installe tout naturellement dans le costume du coupable ?

– Je ne sais pas. Je ne crois pas. Je reste convaincu que nous avons bâti un ordre qui mérite qu'on le serve. Je ne suis ni un tiède, ni un opposant, encore moins un réfractaire et pourtant...

– ... et pourtant tu te sens mal dans ta peau. N'en fais pas une tragédie. Il n'y a pas de devoir d'être heureux. La béatitude constante, sans doute ni soupçon, est souvent l'apanage des imbéciles ou des fanatiques. L'enthousiasme ne se convoque pas ; il a sa fierté, son autonomie. Il ne fait l'aumône de son souffle vital que lorsque bon lui semble. Tu as beau percevoir la beauté du monde que nous avons construit – car je sais que tu l'admires –, tu as encore le droit au vague à l'âme, à la nostalgie de quelque chose que tu n'as pas connu et dont tu n'appelles même pas le retour. Les romantiques allemands appelaient cela le *Sehnsucht*, tu te souviens ?

– Le romantisme allemand est une vieille histoire, répondit Théo avec la vivacité de celui qui recevait l'allusion comme une insulte. Je ne me sens pas très concerné par cette absence d'une perfection disparue. J'ai plus d'admiration pour les bâtisseurs, pour ceux qui érigent de nouvelles règles et promeuvent un monde nouveau, que pour ceux dont la faible énergie s'étiole dans la lamentation. Je crois que j'aurais un peu honte d'être un romantique, plus prompt à sortir son mouchoir pour essuyer des larmes qu'à venir offrir son aide à autrui. La commisération ostentatoire est une façon de se mettre en scène en pensant que c'est tout ce qu'on peut faire pour aider ses semblables à supporter le malheur. C'est médiocre et peut-être même un peu lâche. »

En prenant ainsi parti pour un positivisme viril, Théo savait qu'il adoptait une posture imposée, la ligne de ce qu'il était de bon ton de penser. Il se mentait à lui-même et tentait de montrer à son ami le visage d'un citoyen respectable, actif et déterminé. Didier eut un petit rire désabusé et son visage devint sombre. Comment Théo pouvait-il à ce point douter de lui et prétendre à un état d'esprit que tout son comportement démentait ? L'obligation sociale, l'image ferme et équilibrée du conquérant interdisaient-elles la confidence ? Ne pouvait-on plus avouer un moment de faiblesse sans avoir l'air d'un pauvre type, désormais indigne de confiance ? Plus attristé que vexé, Didier mit un terme à l'entretien :

« Je ne veux pas forcer la muraille derrière laquelle tu te réfugies. Rappelle-toi seulement que pour moi l'amitié se place au-dessus de la bienséance et des discours convenus. Si un jour la coupe est trop pleine, viens la vider auprès de moi. Ce sera plus prudent que de perdre les pédales et de dire brusquement n'importe quoi à n'importe qui. Souviens-toi qu'il reste de rares êtres auprès de qui on peut être vrai sans danger. Si tu consens à cet exutoire – que j'oublierai instantanément –, tu retrouveras la force de personnifier le mensonge que les autres attendent de toi », conclut-il avec un clin d'œil.

Théo serra la main de son ami avec chaleur, comme pour s'excuser de s'être méfié de lui en adoptant l'attitude qu'exigeait l'ordre social.

Première partie : un monde nouveau

1

Un homme de son temps

Ce petit jardin qui descendait doucement vers la place de la mairie, Théo le connaissait depuis toujours. Peut-être même y avait-il fait ses premiers pas. Il n'était pas surpris que le hasard ait placé là un moment important de son existence. C'était dans la nature des choses. Ce modeste territoire entretenait avec lui une forme de familiarité. Il y était un hôte privilégié. Les autres pouvaient aussi y accéder, mais pour eux c'était un accident, un passage insignifiant. Une partie de lui au contraire trouvait ici racine. La propriété n'avait rien à voir avec cette relation fusionnelle. Théo n'avait aucune prétention à accaparer un espace pour lui seul, même s'il lui fallait faire effort pour parvenir à cette sage conclusion. Sous d'autres cieux, plus lointains et moins fréquentés, cette étrange volonté de puissance de l'homme installant son emprise sur le sol l'aurait plus directement concerné. À Paris, la densité des foules rendait franchement décalée et irréaliste l'idée d'un règne sans partage sur une quelconque surface. Même les emplacements qu'on disait privés étaient une illusion ; on pouvait tout au plus espérer que nul ne s'y introduise, mais les vibrations, les bruits et les odeurs y pénétraient, contraignant l'occupant à cohabiter avec les traces insolentes d'une multitude d'inconnus. En ville, la notion de propriété avait un sens relatif, atténué, presque imaginaire. Théo savait pourtant qu'un droit spécial lui avait été consenti sur les rues, le jardin et la place qu'on distinguait au loin, mais il exerçait ce pouvoir avec discrétion. Cette suzeraineté fantasmée devait demeurer ignorée de tous. On aurait pu, s'il s'était laissé aller à la confidence, douter de son équilibre mental. Certains cadeaux du destin exigent en retour une forme de pudeur qui impose le secret. Ce fragment urbain qui l'avait vu naître lui appartenait de façon particulière, selon une formule occulte et presque inavouable. L'endroit s'offrait à chacun, mais ne se donnait qu'à lui.

Il pensa à ce qu'il y avait d'absurde dans l'attachement qu'il avait pour ce quartier que rien ne distinguait d'un autre. Était-ce par égocentrisme qu'il aimait ce lieu où quelques chapitres de sa modeste histoire avaient trouvé place ? La patrie n'était-elle que la projection inconsciente de l'amour de soi ?

Le square était en pente douce. En haut, il y avait la station de métro ; en bas, peut-être cent mètres plus loin, s'ouvrait la place de la mairie. Avec le temps, il semblait à Théo que l'édifice s'était gonflé d'importance. Les hautes grilles qui fermaient la cour soulignaient qu'on n'était pas n'importe où. À défaut qu'on pût parler d'autorité de l'État, la bâtisse avait une allure teintée d'arrogance qui montrait que c'était un lieu de pouvoir. Théo respectait le pouvoir. Il en avait même un peu peur. Les anciens, à ce qu'on racontait, étaient fiers d'être dans la contestation permanente ; ils provoquaient l'autorité à loisir et refusaient par principe toute injonction des représentants de l'ordre. C'était leur dignité, leur honneur. L'évocation de ces temps révolus amusait Théo ; elle lui paraissait convoquer une humanité déraisonnable, si complètement disparue qu'il n'était pas sûr qu'elle eût jamais existé. Les périodes de l'histoire que l'on n'a pas connues s'enveloppent d'un curieux halo d'imprécision qui accentue leur bizarrerie et nous font douter de ce qu'on en rapporte. Quand il songeait à son père, discret mais indomptable, ou à son grand-père, conformiste mais amoureux de la polémique, un frisson de crainte le traversait. N'était-il pas, lui aussi, porteur de quelque gène d'indiscipline ? N'allait-il pas être tenté par la pensée négative, le refus systématique, la préférence pour un absurde esprit de révolte, sans prétention à inscrire quoi que ce soit dans l'histoire, juste pour répondre à un appel irrationnel et ludique à la résistance. Il aurait de bonne foi juré n'avoir jamais été tenté par la rébellion, mais cette hérédité lourdement suspecte appelait à la vigilance. Est-il toutefois possible de maîtriser son imagination ? Peut-on éviter que surgisse dans l'esprit une image du mal dont la seule conception est déjà criminelle ? La représentation mentale de la faute procède de la même source que la faute elle-même ; elle en est la forme abstraite, presque le projet ; un esprit vraiment sain aurait été incapable d'une telle monstruosité imaginaire.

Ce qui le rassurait, c'est qu'il ne voyait pas contre quoi il aurait pu diriger la colère dont il craignait le surgissement. Au fil du temps, le pouvoir s'était désincarné au point qu'il aurait été difficile aujourd'hui d'identifier l'auteur d'une décision. Ce manteau de mystère, jeté sur l'origine de la contrainte dont tout ordre est porteur rendait impossible de cibler le responsable d'un mécontentement. Les gens n'étaient pas devenus plus doux ou plus tolérants, mais leur incapacité à désigner les responsables de leurs frustrations avait peu à peu rendu toute confrontation impossible. La politique ne renvoyait plus à des visages, ce qui avait conduit à la disparition de toute controverse. Sans même qu'on s'en aperçoive, le conflit avait cessé de concerner la scène publique. Les affrontements d'autrefois, dont quelques vieillards gardaient un vague souvenir, se rapprochaient de plus en plus d'une folie qui n'avait aucune chance de réapparaître.

On ne connaissait plus ceux qui tenaient en main le destin du plus grand nombre. Les ministres étaient de hauts fonctionnaires anonymes désormais dépourvus de tout prestige. Quant au président, dont on disait, avec un sourire incrédule, qu'il avait jadis ressemblé à un monarque tout-puissant, c'était maintenant un vieux monsieur tranquille, en place depuis longtemps, chargé à l'intérieur d'une mission modeste d'arbitrage et à l'étranger d'une fonction toute formelle de représentation. L'essentiel de sa tâche consistait à distribuer les dossiers difficiles à des personnes compétentes. Il savait à qui demander de trancher les questions complexes. C'était son principal talent ; certains disaient, moqueurs, que c'était le seul. Théo, lui aussi, trouvait singulier et presque comique que la clef de voûte de l'Etat ressemblât à un chef de service consciencieux, mais il sentait que cette perception railleuse avait quelque chose de fautif, d'antisocial. Il dominait sa culpabilité en constatant qu'on ne pouvait s'interdire certaines pensées simplement par civisme. Existait-il seulement ce degré supérieur de vertu où l'on est ce qu'il faut être, spontanément, sans avoir à réprimer des tentations blâmables ? Il y avait d'autant moins lieu de se moquer du président que le discernement, qui lui faisait choisir le meilleur expert pour traiter le problème du moment, était une qualité précieuse. Il évitait ainsi toute mise en cause de la solution qui serait finalement adoptée. Nul n'aurait songé à contester la primauté de la compétence technique ; c'était même la seule caractéristique qui suscitait encore l'admiration et le respect, car il n'y entrait pas la moindre préférence subjective. L'analyse scientifique est le plus souvent étrangère à l'orgueil.

On avait banni les confrontations ridicules de jadis, où des braillards prétentieux conduisaient sans vergogne, juste pour exister, des polémiques absurdes sur des sujets dont ils ne savaient rien. Une chaîne de télévision nationale diffusait les débats des candidats à l'élection présidentielle des temps passés. On en riait de bon cœur. Le public les réclamait comme des sketchs comiques étalant au grand jour des protagonistes vindicatifs et menteurs. Certains croyaient même qu'il s'agissait de fictions où des acteurs talentueux incarnaient des personnages imaginaires.

Le seul pouvoir qui résistait à la dérision et au mépris, c'était l'autorité judiciaire. Elle aussi était sans visage, mais il en avait toujours été ainsi. Les juges s'appliquaient à demeurer anonymes et servaient avec modestie l'équité et le droit. On percevait dans cette attitude discrète une aspiration à installer le bien sans réclamer jamais un bénéfice personnel pour prix de leur dévouement. La méfiance envers les structures sociales anciennes n'allait pas jusqu'à soupçonner qu'une jouissance invisible tirée de l'exercice du pouvoir pût animer l'esprit de ces héros inconnus.

Le XXIe siècle, ainsi éclairé par de nouvelles valeurs qui le mettaient à l'abri des passions, entrait dans son dernier tiers, lentement, paisiblement, comme s'il était fatigué de vivre.

*

Un jour, à la Sorbonne, Théo avait été convié à une conférence qu'on réservait aux étudiants raisonnables, ceux qu'on jugeait assez solides pour ne pas dévier d'un comportement mesuré et respectueux de l'ordre établi. Il y avait été question d'auteurs inconnus et de pensées fumeuses qui avaient animé les siècles passés. Il avait appris à cette occasion que le juge n'était, dans ces périodes folles et troubles, que la « bouche de la loi », qui n'était elle-même que la volonté du peuple souverain, dont un parlement tout-puissant exprimait les désirs. Sur le moment, l'assistance avait ri de ces élucubrations, si contraires à l'ordre nouveau. Théo était encore bien jeune alors et n'avait lu que les livres que l'enseignement autorisait à tous. Les bibliothèques avaient disparu ; seuls quelques originaux collectionnaient encore de vieux ouvrages devenus rares et chers. On ne lisait que sur écran, ce qui avait permis au pouvoir d'interdire discrètement l'accès aux textes jugés dangereux pour la jeunesse ou pour la paix publique. Théo n'avait donc découvert que sur le tard les fondateurs de l'ancienne organisation sociale. Il était suffisamment éloigné de tout esprit de révolte pour qu'on l'autorise à approcher ces théories surannées qui avaient longtemps été brandies comme l'expression d'une vision moderne et juste, bien qu'elles n'eussent apporté que des conflits, des malheurs et des morts.

Théo avait définitivement gagné l'estime de ses maîtres quand il avait soutenu un mémoire dont l'idée directrice était que la démocratie de jadis était une adoration irrationnelle de la liberté ayant conduit à d'effroyables conflits, alors que le même concept d'organisation sociale était devenu aujourd'hui le vecteur de la paix et du bien-être. L'idée que portait sa thèse ne pouvait que plaire : la liberté était avant tout un souci de soi, une force d'expansion des désirs individuels entrant inévitablement en conflit avec ceux des autres. Elle ouvrait sur des gouffres insondables, des exigences toujours plus fortes, des espoirs jamais satisfaits. En revanche, l'égalité, référence sage et concrète, permettait de construire paisiblement une société dont l'équilibre relevait de critères précis et quantifiables. La concorde, désormais retrouvée, provenait de l'oubli des valeurs abstraites qu'on invoquait jadis avec passion et dont l'insertion dans le réel entraînait des remous sanglants. Théo, sans trop savoir pourquoi, ne parvenait pas à être fier de sa trouvaille. Elle était pourtant à ses yeux l'expression de la vérité. En privilégiant cette explication, il ne trahissait pas ses convictions. Mais il ne se consolait pas de glorifier la rupture entre l'histoire et les valeurs éternelles, entre l'homme et Dieu. Au fond de lui demeurait une intuition dont il ne parvenait pas à se débarrasser, bien qu'elle fût incontestablement saugrenue : l'individu marchait sur terre en regardant les cieux. Mais comment démontrer ce lien invisible entre l'ici-bas et l'inconnu céleste ? Comment ne pas risquer le ridicule en évoquant un panthéon que le plus grand nombre tenait pour imaginaire ? Il ne s'était laissé aller à ce reniement que par déférence envers la pensée dominante et aussi, dans une moindre mesure, par souci de plaire. C'est à peine toutefois s'il y avait eu de la complaisance dans sa démarche. Il était convaincu que l'état apaisé de la société était le résultat respectable d'une évolution à laquelle il fallait rendre hommage. La réflexion de Théo ne relevait pas d'un quelconque cynisme ou d'une misérable ruse carriériste ; il partait du constat que la vie quotidienne était agréable et tranquille, ce qui le conduisait à conclure que les principes de l'organisation sociale étaient bons. Il est vrai qu'il ressentait aussi, comme tout le monde, le besoin d'être aimé.

2

L'attente

Théo s'assit sur un banc, se cala confortablement contre le dossier arrondi et se dit avec satisfaction qu'il avait la chance inouïe de vivre dans une société apaisée, tranquille, débarrassée de ces soubresauts qui avaient tant fait souffrir les hommes dans le passé. Il songeait à cette brutalité sanglante qui avait souillé les siècles. Comment avait-on pu admirer à ce point la violence, respecter la bravoure, rendre un culte à des mégalomanes qui, au nom d'idéaux confus, avaient envoyé leurs semblables à la mort ? Sans trop s'en rendre compte, il rendait grâce à sa génération d'avoir su rompre avec les passions absurdes des anciens. Théo et ses contemporains tiraient orgueil d'avoir osé la rupture et préféré la justice à la paresseuse idolâtrie qu'on vouait dans le passé à des idées générales. Bien sûr, l'histoire avait connu d'autres cassures, d'autres rejets de la tradition, d'autres avènements d'une équité nouvelle. Mais à chaque fois l'évolution s'était accompagnée d'un bain de sang. Quant à la vérité qu'on brandissait comme un étendard, elle avait été trop souvent le paravent d'ambitions personnelles dont le socle inavouable était fait d'amertume et de ressentiment. La période nouvelle avait évité ces aberrations et installé la justice avec douceur. Ce n'était pas rien, se rengorgeait Théo, d'avoir enfin identifié et neutralisé le mal.

À cette fierté historique se mêlait celle de la consécration imminente de ses espoirs intimes. On ne se mariait plus depuis longtemps. La formule avait disparu des mœurs. Les couples se constituaient selon le hasard des rencontres et les fantaisies du désir. On était dans le plus ou moins éphémère ; la pérennité était l'exception, presque l'anomalie. Il était impensable d'afficher de tels rapprochements. L'idée d'organiser une fête autour de l'union de deux êtres aurait créé un malaise ou déclenché l'hilarité gênée que suscite l'impudeur. On avait conservé le souvenir des cérémonies matrimoniales de jadis, mais on les percevait comme des inconvenances à la limite de l'obscène. Tout ce tapage autour d'une union sexuelle avait quelque chose de nauséabond, à tout le moins d'incongru. La sexualité s'était réfugiée dans l'ombre, où elle était vécue comme une honte inévitable. Déjà, du temps lointain des églises, la pomme d'Adam et Ève symbolisait la découverte peccamineuse du plaisir, immédiatement sanctionnée par l'expulsion pour toujours du paradis. Sans rapport désormais avec l'interdiction divine, la décence était invoquée pour stigmatiser la bestialité des hommes. On savait bien que la pulsion était trop forte pour qu'ils y résistent; il n'était pas question pour autant de renoncer à la prohibition. On savait à quels excès pouvait conduire la tolérance. Au moins la culpabilité rappellerait les citoyens à la juste mesure; elle les rendrait aussi plus dociles, ce qui était un atout précieux pour le maintien de l'ordre. Certains jouaient à l'esprit fort et affichaient des mœurs libérées, sans ignorer toutefois qu'une telle ostentation pouvait les conduire en prison. La démesure sexuelle annonçait la contrainte de l'autre, à tout le moins la réduction du partenaire à un objet, dont on ne tarderait pas à faire une victime. Ainsi était réapparu le vieil interdit sur les remous du bas-ventre, prologue de la mainmise sur les esprits.

L'ordre public imposait toutefois qu'on s'assure des filiations, comme du consentement des partenaires. Il avait donc fallu lever un coin du voile et mettre en œuvre une formule discrète d'officialisation de la débauche. On avait imaginé un schéma administratif d'où découlait mécaniquement une présomption de consentement et de paternité. Il suffisait aux couples de solliciter d'être reconnus en présentant requête à l'autorité publique. Celle-ci devait avant tout s'assurer de la sincérité de la démarche et de l'absence de toute contrainte dans le processus. Un examen s'ensuivait qui oscillait entre un grand oral et un interrogatoire de police. Il était difficile d'identifier dans ce parcours une quelconque dose de romantisme, mais l'amour embellit souvent les environnements les plus misérables.

Théo et Léa avaient été convoqués ce matin-là. Ils allaient devenir un couple officiel et répertorié. La chose n'emportait aucune consécration sociale, aucun avantage précis, si ce n'est le soulagement de n'être perçus nulle part comme clandestins, marginaux, en un mot suspects. Théo s'était engagé dans cette voie comme s'il s'était agi d'un acte d'amour. Léa, plus rebelle, avait laissé faire, sans enthousiasme, dominant même une sourde réticence, pour lui faire plaisir. Les femmes ont une faculté critique souvent plus vive que les hommes. Un sentiment de vulnérabilité et un instinct de survie les préviennent des pièges que la morgue masculine croit pouvoir mépriser. Moins concernées par la compétition sociale, elles montrent peu de complaisance pour le pouvoir, dont la reconnaissance n'est pas essentielle à leurs yeux. Il n'y a guère que l'amour qui les aveugle suffisamment pour leur faire parfois admettre l'insupportable.

Le moment pour Théo s'enveloppait d'une vraie solennité, qu'il reliait avec inquiétude à la dimension passionnelle de son amour. Il ne fallait toutefois pas se laisser aller à l'exaltation. Tout serait bon pour juguler l'excès. On lui avait appris depuis l'enfance à ne rien privilégier, à modérer tout intérêt qui menaçait de conduire à une perte de maîtrise. Il savait que la démesure guettait l'homme à chaque instant et qu'elle conduisait inéluctablement à la divagation. Quand survenait la tentation, il fallait immédiatement convoquer le vieux précepte qu'on enseignait dans toutes les écoles : « Lâcher prise ! » Il eut toutefois un moment de doute : fallait-il vivre dans le dérisoire pour trouver la paix ? La sagesse n'était-elle accessible qu'au prix du renoncement à tout sentiment intense ? Comment envisager que la puissance de son amour pour Léa pût prendre l'aspect d'une faute ? Était-il prêt à admettre que la vertu ordonne la tiédeur, installe une distance prudente avec toute chose et consacre comme une victoire la médiocrité des attachements ? Cette impérieuse consigne condamnant la passion n'était-elle qu'un stratagème pour interdire toute résistance et paralyser tout pouvoir de dire non ? Comment allait-il faire cohabiter cet impératif d'indifférence avec les valeurs reçues dans son enfance, ce culte de l'effort, du travail et de la perfection qui flirtait avec un excès coupable et un désir sournois de s'inscrire dans une aristocratie peu compatible avec la déesse égalité ? Il respira profondément et fit effort pour chasser ces questions incongrues dont il sentait tout aussi clairement la pertinence que l'inopportunité. Une fois de plus il les enfouirait au fond de lui, comme des pensées interdites.

Le square n'était pas bien grand ; il était même devenu minuscule depuis qu'on l'avait coupé en deux en installant, de chaque côté du kiosque à musique qui trônait au centre, une haie d'arbustes suffisamment denses pour empêcher la vue sur l'autre partie. Ce rideau végétal devait avoir une raison, mais, comme souvent l'interdiction ostentatoire, il renforçait la tentation d'aller voir ce qui pouvait se passer dans la zone rendue inaccessible au regard. On avait aussi fermé les ouvertures latérales du parc, dont les deux moitiés séparées n'étaient désormais accessibles que par des entrées opposées de toute la longueur du jardin.

Théo avait été surpris qu'il n'y eût aucune surveillance, qu'il fût seul, libre d'agir comme il le souhaitait. Il est vrai qu'il ne fallait pas exclure quelques caméras habilement placées dans le paysage. Paris, disait-on, en comptait des centaines de milliers. Avec le temps on avait réussi à les dissimuler dans des détails d'architecture où elles étaient imperceptibles. Il avait entendu dire que son grand-père s'indignait des débuts de cette surveillance, qu'il prenait pour un outrage à la liberté. L'homme ne devait pas manquer d'humour et sa protestation ne pouvait provenir que d'un penchant ludique pour la provocation. On n'entendait plus aujourd'hui la moindre critique envers ce quadrillage. Chacun en mesurait l'intérêt et l'efficacité. Tout était enregistré, filmé, conservé. À l'intérieur des lieux privés, le même système avait été mis en place, mais on respectait l'intimité et les enregistrements ne devenaient accessibles à l'autorité publique qu'en cas de problème grave, comme des violences, un cambriolage ou un meurtre. Bien sûr, il était toujours possible à un être malveillant d'occulter les objectifs et de neutraliser les micros. Mais un tel geste, aussitôt décelé, aurait entraîné l'intervention en urgence des forces de l'ordre, tant ce comportement était annonciateur d'un dessein criminel. Au moins, désormais, la police et la justice ne parlaient plus d'un événement vague, dont les témoignages, souvent contradictoires, rendaient les contours incertains. L'affabulation fréquente des suspects et l'incapacité des juges à reconstruire le passé avec certitude avaient été vaincues. La culpabilité ne résultait plus d'une déduction hasardeuse ou d'un pari sur le plus probable. Il n'y avait plus de différence entre le monde d'hier et celui qu'on avait sous les yeux. On avait dominé le temps et débarrassé la justice de la recherche angoissante de la vérité !

Théo jeta un regard circulaire. À l'entrée du parc, il reconnut la silhouette de Didier, qu'il avait désigné comme témoin. Ce rôle était devenu moins symbolique qu'il ne l'était jadis. Il ne s'agissait pas seulement d'affirmer l'identité de celui qu'on accompagnait, il fallait aussi porter témoignage de l'authenticité du lien dont les membres du couple demandaient la reconnaissance. Didier était à coup sûr le mieux placé pour apporter confirmation de l'amour qui unissait Léa et Théo. Non seulement il était un intime, mais il savait déceler un sentiment vrai de l'apparence dont beaucoup se seraient satisfaits. De loin il fit signe à Théo en levant les deux bras. Le gardien bondit et eut l'air d'intervenir pour faire cesser un geste visiblement interdit. Théo se demanda si la spontanéité de Didier allait créer une difficulté. En garderait-on la trace ? Le gardien ferait-il un rapport ? La procédure en serait-elle viciée ? Tout semblait s'être apaisé, mais on ne pouvait deviner les conséquences de ce geste anodin qui ne l'était visiblement pas pour tout le monde. L'incident ramena l'attention de Théo au système de surveillance environnant. L'intérêt d'un contrôle invisible était dans la préservation d'une impression de liberté, comme on avait le sentiment d'un environnement champêtre en se promenant dans les jardins publics. La ville était devenue mensonge, mais le bien-être des hommes est plus précieux que la vérité. D'ailleurs Théo se moquait bien d'être surveillé ; il se demanda même pourquoi une telle pensée lui était tout à coup venue. Il n'aimait pas que son esprit s'autonomise et lui impose sournoisement des idées qu'il n'avait pas choisies. On pouvait le contrôler étroitement ; on verrait qu'il était résolu au respect des instructions : pas de contact avec l'autre côté de la frontière végétale, pas d'échange de paroles, pas le moindre signe. Il savait qu'en cas d'oubli de ces consignes impératives la convocation pouvait être annulée et remise à plusieurs mois. Il n'avait donc aucun intérêt à jouer à l'insoumis et à braver l'ordre imposé. Pourtant, quand Théo entendit le bruit confus d'un mouvement au-delà des arbustes, il ne put s'empêcher d'orienter son regard vers la zone interdite. Ce ne pouvait être qu'elle. Il était presque l'heure de la convocation. Mais avait-elle été appelée à la même heure que lui ? Aucun échange entre eux n'avait pu exister, puisque l'interdiction de tout contact leur avait été imposée depuis une semaine. Ils avaient bien sûr respecté cette obligation de procédure ; ils l'avaient même accueillie avec soulagement, car elle annonçait la séquence finale d'une démarche entreprise des mois plus tôt. Le processus était long, mais comment aurait-il pu en être autrement ? Il concernait tant de personnes que c'était un privilège d'approcher du terme. Il ne s'agissait pas de tout compromettre par une stupide fantaisie en forme de provocation. Malgré cet état d'esprit sage et discipliné, Théo ne put s'empêcher de se lever, un peu par réflexe, comme si son corps, tout à coup dominé par l'instinct, devenait sourd aux arguments de la raison. Il s'était rapproché de la barrière végétale qui coupait le parc en deux. Ses jambes le menaient précisément là où son esprit lui disait de ne pas aller. La prééminence du contrôle intellectuel, un moment vacillant, se remit bientôt en place. Il s'arrêta net, comme stoppé par le retour brutal de l'interdit. Il se sentait le jouet d'une force étrange dont il n'était pas sûr qu'elle eût quelque chose à voir avec lui. Tout se passait comme si une puissance étrangère se jouait de sa faiblesse. Il écarta la réflexion avec agacement. Ce n'était pas le moment de s'égarer dans un absurde impressionnisme métaphysique. Il lui fallait se contrôler et afficher le comportement qu'on attendait de lui. Il devait se reprendre sans tarder. Il perçut un échange de l'autre côté des arbustes et crut reconnaître les inflexions d'une voix dont le discours ne parvenait pas distinctement jusqu'à lui. C'était elle ; ce ne pouvait être qu'elle. C'était le lieu et l'heure où elle avait dû, comme lui, être convoquée. Ce ne pouvait être que cela. Cette irrépressible envie de la voir, de la toucher, de lui parler, était pour le moins malvenue. C'était exactement ce qu'on voulait éviter ; qu'au prétexte d'un sentiment fort on fasse pression sur l'autre, qu'on l'enveloppe, qu'on l'étourdisse, qu'il n'ait plus d'espace de liberté, plus de temps de réflexion, qu'il s'abandonne à une volonté plus forte que la sienne et consente, submergé, à ce qu'il ne voulait peut-être pas vraiment. Théo savait bien que cette crainte ne les concernait pas, Léa et lui. Pour eux les choses étaient simples : ils s'aimaient, ils se voulaient avec une force telle qu'elle aurait pu renverser toutes les contraintes sociales, toutes les précautions administratives. Il fallait absolument endiguer pour l'heure le maelstrom passionnel qui s'emparait de lui. La moindre fantaisie risquait d'éveiller une suspicion et de compromettre l'entreprise. Théo devait avoir l'air tranquille, résolu mais sans impatience, respectueux d'un cheminement social qu'on ne pouvait bousculer que par indiscipline, orgueil ou démesure.

Une ombre, aperçue de l'autre côté, confirma à Théo sa supposition. C'était elle. Il avait beau se rappeler à l'ordre, il ne parvenait pas à calmer son exaltation. Il s'imposa quelques secondes d'immobilité, le temps d'une reprise en main, d'une redescente progressive de la fièvre. Sans résultat. Il se satisferait d'un regard, sans un mot, sans un geste ; on peut tout faire par le regard ; c'est une façon de posséder le monde, de l'intégrer à soi, de ne faire plus qu'un avec ce qui s'entête à être différent. Encore fallait-il que ce regard affamé ne fût perçu par personne. Théo eut l'idée d'allumer une cigarette. On le réduirait à ce geste saugrenu. Ce comportement extravagant capturerait toute l'attention des inconnus qui le surveillaient. Nul ne soupçonnerait qu'il s'agissait d'un leurre et qu'il s'intéressait à tout autre chose, à Léa qui devait être à une vingtaine de mètres, derrière les arbres en pots. Fumer était plutôt ringard ; ce n'était pas seulement démodé, c'était inconvenant, un peu malsain, pas très différent d'un crachat ostentatoire entre les pieds d'un quidam. Mais la cigarette serait parfaite pour dissimuler son affranchissement de l'interdiction de regarder de l'autre côté. Rien n'est plus approprié qu'une incongruité pour empêcher le constat d'une véritable faute. Elle accapare l'attention et dissimule à l'observateur ce que précisément il essaie de saisir. On mettrait son geste sur le compte de l'impatience et de l'inquiétude, d'une impatience qu'il allait dominer et d'une angoisse qui passerait opportunément pour de la révérence envers le processus administratif et l'autorité dont il procédait. En fumant, il ne donnerait pas l'image d'un citoyen modèle, équilibré, calme et volontairement soumis aux obligations de la vie en groupe, mais peu importait, il ne concourait pas pour un prix de vertu civique. Seule comptait Léa. Alors qu'il fouillait nerveusement dans ses poches pour trouver un briquet, il la vit distinctement de l'autre côté, heureux d'abord, puis agacé que sa silhouette s'efface bientôt, à demi cachée par les branches. Une jupe droite laissait voir ses jambes, un corsage de fine soie permettait de deviner ses seins, ses cheveux, rejetés en arrière, donnaient de la présence à son visage. Il faisait beau, l'été s'installait. Elle était vêtue avec une discrète élégance adaptée à la saison. On aurait pu ne pas la voir, tant elle était conforme à une attente de modestie, d'absence d'interpellation du regard de l'autre, de fusion dans le paysage, d'apparent désir de paix et d'anonymat. Pourtant Théo ressentit en la découvrant une contraction à l'estomac, un véritable choc. Il sentit monter en lui un curieux appétit, pas vraiment sexuel. C'était plutôt une sorte d'éblouissement admiratif. Il s'imaginait en oiseau de proie gigantesque, fondant sur elle, l'emportant avec une infinie tendresse et fusionnant leurs deux êtres dans une étrange apothéose où s'abolissaient la différence, la distance, la dualité. Le fantasme ne dura que quelques instants, assez toutefois pour effrayer Théo à l'idée qu'on ait pu surprendre son rêve. Il fallait d'urgence enfouir ce genre de folie au fond de soi. L'appétit de l'oiseau pourrait bien être pris pour une volonté de domination, un refus de la liberté de l'autre, un violent désir de nier son autonomie et de dévorer son altérité. Une telle analyse aurait-elle d'ailleurs été erronée ? Heureusement, la pensée la plus folle était encore permise, protégée qu'elle était par l'insondabilité des consciences. On avait sans doute repéré le regard appuyé qu'il avait dirigé vers Léa, mais nul ne pouvait mesurer l'intensité passionnelle qui l'animait. Cette fascination, qui aurait pu entraîner Théo à quelque inconséquence, fut heureusement interrompue par le surgissement d'un gardien, qui, de l'autre côté, s'interposa entre elle et lui comme un rappel à l'ordre. L'homme s'adressait respectueusement à Léa et lui indiquait la mairie, vers laquelle elle se dirigea dans une démarche sévère, accompagnée d'un léger balancement des hanches qui fit frissonner Théo.

Il y avait bien une demi-heure que Léa avait quitté le square. Théo se demandait si on ne l'avait pas oublié. Il ne savait rien de la procédure ; il n'était peut-être pas prévu qu'on les reçoive ensemble. Didier avait été envoyé dans un bureau inconnu que lui avait indiqué le gardien et n'avait pas reparu. Le factionnaire, posté à côté du portillon métallique, fit enfin signe à Théo de se rapprocher. Le geste était un peu cavalier, pas véritablement grossier, mais suffisamment impérieux pour que Théo se sentît en position d'obligé. Le préposé, côté hommes, était à l'évidence moins raffiné que celui qui s'était occupé de Léa. Mais peu importait le protocole ; l'essentiel était d'avancer, d'en terminer avec ce parcours obligé, de triompher de l'épreuve, de se soumettre pour être libre, malgré le paradoxe de la formule. Théo remonta vers la station de métro en s'éloignant de la mairie où il pensait qu'on allait l'envoyer. Il n'avait pas le choix ; c'était la seule issue en service et le gardien y était installé. Il jeta en passant un regard sur la statue de pierre blanche au milieu de la pelouse : la Maternité ! Il n'avait pas encore intégré à sa réflexion cette troublante conséquence de l'amour. Il se rendit compte que l'idée d'un enfant l'aurait conduit au dégoût s'il s'était agi d'une autre. Même lorsque tout allait bien, Théo ne pouvait s'empêcher d'envisager le pire, ne serait-ce que pour se féliciter d'y avoir échappé. Le surgissement inopiné de l'idée de procréation fit émerger des frayeurs rétrospectives, heureusement sans objet. Il se dit que ce devait être bien compliqué d'aimer un petit être qu'on n'avait pas eu envie de voir surgir d'un corps désiré accidentellement et possédé à contrecœur. Avec Léa, on pourrait attendre un peu, profiter l'un de l'autre, jouir de l'amour, mais le moment venu un enfant d'elle serait à coup sûr un objet de fierté et une promesse de bonheur.

Pour la première fois de la matinée, Théo ressentait une sorte de gêne, suffisamment légère pour qu'elle n'interdît pas la poursuite de ce qu'il avait entrepris, mais assez soulignée pour que l'enthousiasme fût refroidi. Avancer, franchir l'obstacle, puis oublier ces humiliants préambules et vivre enfin, tenta-t-il de se convaincre. Mais en rusant avec l'obligation, en se persuadant que la soumission n'est qu'un stratagème pour éviter des affrontements inutiles et des souffrances stériles, n'a-t-on pas simplement renoncé à la liberté ? « Assez ! » se dit Théo en grimaçant sous l'effort qu'il dut faire pour imposer silence à sa pensée. Le gardien observait avec stupéfaction les expressions de Théo, qui sentit bientôt l'impérative urgence de rentrer dans l'ordre apaisant de la banalité. Le visage du jeune homme, d'abord marqué par les assauts désordonnés des idées qui l'assaillaient, réussit à prendre en un instant une expression étrange de stupidité béate qui interdisait qu'on s'interroge sur une réflexion devenue improbable. Cette brutale métamorphose déstabilisa le fonctionnaire, au point qu'il mit quelques secondes à se réinstaller dans la routine réglementaire.

« C'est en face, plus bas, juste de l'autre côté de la rue, là où il y a une plaque dorée à côté de la porte.

– Ce n'est pas à la mairie ? demanda Théo, plus surpris que déçu et surtout heureux de montrer que sa pensée ne concernait que des questionnements prosaïques.

– Non ! En face, je vous dis. L'immeuble de briques rouges, juste là. »

Théo quitta le parc, descendit la rue et contempla, ébahi, l'endroit que le préposé lui avait indiqué. Il connaissait bien le bâtiment. Quand il était encore enfant, c'était une sorte de hangar où l'on stockait des colis. C'était donc maintenant un bâtiment municipal. Il y avait quelque chose de cocasse dans cette réaffectation des lieux. Théo allait devoir faire des confidences à un interlocuteur inconnu au fond d'un garage ! On flirtait avec le ridicule. Cette démarche, qu'il avait commencée avec déférence, lui parut tout à coup artificielle, absurde et dérisoire. Était-ce pour dominer ce désappointement soudain ? Il se dit que de la modestie du lieu ne dépendait pas la sacralité de l'événement et que Jésus – avec lequel pourtant il n'avait pas une relation très suivie – était bien né dans une étable. On le fit asseoir dans un étroit couloir et une jeune femme en blouse bleue lui expliqua qu'il devrait attendre un peu. Il ne comprit rien à la raison de ce retard, qui lui avait été confusément exposée sur le ton monocorde d'un texte appris par cœur et récité mécaniquement. Il ne fut pas tenté de percer ce misérable mystère. Il était au milieu du tunnel, il fallait continuer jusqu'à la sortie. Son cerveau était comme vide. Il se laissait porter par la vague. Même l'image de Léa s'était estompée. On verrait bien…

3

La psychologue

Il ne savait pas depuis combien de temps il attendait, lorsqu'une silhouette dynamique et pressée communiqua un peu de vie à l'endroit.

« Vous devez être Théo. Désolée, je n'ai pas pu faire plus vite. »

La femme qui l'interpellait ainsi devait avoir la cinquantaine. Elle affichait une force de vie et une sûreté d'elle-même qui contrastaient avec les ombres robotisées et asservies qu'il avait aperçues jusqu'alors. Elle n'avait rien d'une employée municipale. On ne l'imaginait pas attendant dans une impatience alanguie le moment de débaucher, comme disaient les autres. Elle avait l'air heureuse. Sa vivacité et son aisance portaient témoignage du plaisir qu'elle avait à être là. Théo s'aperçut qu'elle était la première personne à afficher le bonheur de vivre qu'il rencontrait depuis le début de la journée. La contrainte se lit sur les visages et se ressent à travers la lourde disgrâce des mouvements du corps. Ce doit être pour cette raison que l'ambiance administrative rend triste et las sans qu'on sache pourquoi.

« Allez ! On y va », dit-elle en regardant Théo, qui fut impressionné par une gestuelle décidée qui faisait oublier les rondeurs d'un corps rendu aérien par son énergie.

Le bureau était minuscule, mais il donnait un sentiment rassurant de confidentialité. La femme se présenta en quelques mots. Elle était psychologue et présidente ce jour-là du bureau d'aménagement social

« Vous appartenez au personnel municipal ? demanda distraitement Théo.

– Non, répondit-elle, je suis indépendante, libérale si vous voulez. J'apporte mon concours ponctuellement, quand la mairie me le demande. »

Elle n'avait pas résisté au plaisir de parler d'elle-même.

« Pourquoi, ça change quelque chose pour vous ?

– Non, rien, dit Théo, qui comprenait mieux le dynamisme qui l'avait d'abord surpris.

– J'ai reçu Léa à la mairie. J'ai aussi recueilli la déposition de votre témoin. Vous ne deviez croiser ni l'un ni l'autre. Vous le savez. C'est la procédure. Voilà pourquoi vous êtes ici, à l'annexe. J'ai choisi de vous recevoir seule, sans mes assesseurs, selon la formule que nous adoptons dans les cas qui ne semblent pas présenter de difficulté. »

Théo hocha la tête. Il n'y avait rien à répondre.

« Vous l'aimez, ajouta-t-elle, sans qu'on sût si c'était son avis ou une question. Elle vous aime. Le dossier est simple et je pourrais m'arrêter là.

– Mais...? dit Théo.

– Mais je me demande pourquoi vous avez voulu venir nous voir. Je n'exclus pas l'hypothèse que les deux universitaires que vous êtes aient été tentés, par curiosité, de faire une excursion dans le monde des gens ordinaires. Notre bénédiction laïque ne présente pour vous aucun intérêt. Vous n'en aviez pas besoin. Vous auriez pu vivre votre vie, gérer seuls votre relation. Qui s'en serait ému ? Je n'imagine pas Léa prétendre que vous l'auriez contrainte. Alors, pourquoi ?

– Vous êtes en train de me dire que le permis que vous délivrez ne concerne que les amants louches, répliqua Théo, que les liaisons douteuses, que les opérations de séduction que l'un des partenaires pourrait un jour regretter.

– Ce n'est pas tout à fait faux. Nous jouons un rôle de prévention. Nous évitons les malentendus, les mensonges, les mises en scène et les vengeances. L'avis d'un tiers est rare dans le domaine de l'intime et il est le plus souvent sans valeur, car trop subjectif, peu documenté. En matière de délits sexuels, le témoin répète ce qu'on lui a rapporté et rien n'exclut qu'on lui ait fait des confidences précisément pour qu'il les restitue le moment venu. Les juges en avaient assez de devoir trancher sans savoir. Mais ces hypothèses ne sont pas les vôtres. Alors, pourquoi êtes-vous venus ?

– Nous voulions disposer du PASS.

– Ah ? Vous l'appelez comme ça ?

– Oui, comme tout le monde, le permis d'aimer sans souci.

– Appelons-le par son nom véritable : le Protocole d'aménagement social de la sexualité. C'est moins ironique et plus conforme au but poursuivi, rectifia la psychologue avec autorité et un rien d'irritation.

– Soit, dit Théo, qui commençait à être méfiant. Je n'avais aucune intention malveillante.

– Mais quel besoin aviez-vous de ce papier ? Vous n'êtes pas en recherche du logement qu'on réserve aux jeunes couples, votre situation est plutôt confortable, vous n'êtes en rien confrontés à des difficultés matérielles. On reçoit qui l'on veut chez soi, même la nuit, même chaque nuit. Nous vivons dans un pays de liberté », conclut-elle en regardant fixement Théo, dont elle attendait visiblement qu'il approuve son avis.

Théo s'efforça d'afficher un visage serein et une préoccupation suffisamment prosaïque pour interdire tout débat.

« Vous avez raison, commença-t-il avec diplomatie. Mais il y a aussi les vacances et les week-ends, le risque de se faire refuser par un hôtel. C'est humiliant, l'ambiance est tout à coup gâchée. On se sent brutalement coupable, même sans raison. Ça n'aide pas à être heureux. Ceux qui ont des enfants présentent à peu près partout leur livret de famille. C'est devenu une habitude. Il faut justifier de soi pour ne pas effrayer les autres, pour ne pas empêcher des amis de vous inviter à la campagne par crainte d'abriter un scandale. »

Théo aurait pu et dû s'arrêter là, mais le rôle de composition qu'il s'était imposé commençait à être pesant et il laissa l'authenticité refaire surface.

« Le sexe est devenu un délit plutôt qu'un plaisir. C'est du moins la vision que notre société en a. Vous-même parliez à l'instant des juges et de leurs interrogations sur la contrainte ou la violence. Nos pères, aujourd'hui, seraient des licencieux, des égrillards, des débauchés. La conduite citoyenne consiste aussi à repérer la fin d'une liberté et à en tirer les conséquences, quoi qu'on en pense au fond de soi. »

Théo sentit que ses dernières phrases étaient de trop. Il le savait avant de les prononcer ; elles ne lui avaient pas vraiment échappé. Il s'était consciemment offert le luxe de les dire et se sentait soulagé de l'avoir fait.

« Vous avez l'impression de vivre dans une société qui confisque les libertés ? » demanda la psychologue, en affichant un air de ne pas attacher d'importance à sa question

Théo prit le parti de ne rien répondre, comme s'il n'avait pas compris qu'elle l'interrogeait.

« L'intellectuel que vous êtes a sans doute une grande idée de la liberté, persifla l'interlocutrice. Peut-être même pensez-vous qu'elle doit être sans limite. Percevez-vous l'État ou la loi comme des instruments d'oppression ? »

Théo expérimentait tardivement qu'il passait une sorte d'examen de citoyenneté. Il ne s'agissait pas de s'égarer, de se faire repérer en jouant à l'esprit fort.

« La liberté en société a obligatoirement des limites et l'amour tranquille a un prix, dit-il en croyant adopter le ton soumis ou à tout le moins conciliant qui pourrait permettre que l'interrogatoire n'aille pas plus loin.

– Trouvez-vous admissible de payer ce prix pour partager la vie de la femme que vous aimez ? »

Théo, surpris par cette insistance, décida de s'engager sans mesure dans le mensonge pour qu'enfin la psychologue lâche l'affaire.

« On paye toujours pour aimer. D'une manière ou d'une autre : la déception, la jalousie, le regret, la peur de perdre l'autre quand tout va bien… au regard de tous ces aléas, le PASS n'est pas une contrainte bien lourde.

– Mais c'est tout de même une contrainte, releva la psychologue comme pour stigmatiser un propos de révolte.

– Si l'on veut, dit Théo avec détachement. Mais la vie est jalonnée d'une multitude de contraintes : se lever le matin, se raser, respecter la grammaire, ne pas renverser son café, rendre ses travaux à l'heure, être ponctuel aux rendez-vous qu'on vous accorde… »

Il craignit que son propos ne fût perçu comme ironique, qu'elle crût qu'il se moquait et qu'elle en prît ombrage. Il crut bon d'ajouter : « La contrainte n'est pas un sujet ; il faut seulement qu'elle soit légitime.

– Le PASS, comme vous dites, vous le trouvez légitime ? Il ne ternit pas votre histoire d'amour ? Ce n'est pas à vos yeux l'une des multiples tracasseries d'une autorité dominatrice et intrusive ? »

Théo réprima un sourire. La pratique agressive et directe de la psychologue avait quelque chose d'élémentaire. Elle n'était finalement pas de taille à le piéger. Elle le sous-estimait et se laissait un peu aller, au fil de la pensée, comme un bateau sans maître que conduirait le courant du fleuve. Elle venait de lui poser plusieurs questions. Il répondrait à la première, comme s'il avait oublié les autres.

« La ministre en charge des droits des femmes l'a dit tout récemment : sacrifier un peu de sa liberté pour éviter des crimes et des souffrances injustes, c'est un bien petit effort. »

La référence gouvernementale avait-elle fait son effet ou bien le temps imparti à son cas était-il écoulé ? Toujours est-il que le bruit du tampon sur la feuille sonna la fin de l'entretien. En lui tendant le document l'enquêtrice ajouta :

« Je vous conseille d'enregistrer le QR code dans votre portable et de ne pas conclure trop vite que vous vous êtes joué de moi. »

Bien que Théo n'ait alors rien su de ce qui s'était dit avec Léa, il perçut une curieuse montée de l'hostilité. Il apprendrait plus tard sans surprise que Léa n'avait pas été aussi diplomate que lui. Au moment de conclure la rencontre, elle avait ainsi résumé l'entrevue : « Un profond dégoût m'étreint et, quand je fais l'effort de chercher un sens au penchant pour l'immonde, je me dis qu'il est plus facile d'évoquer le comment que de tenter d'atteindre le pourquoi. Chacun voit les choses à la mesure de sa faculté d'accès. » La psychologue, piquée au vif, lui avait répondu sur un ton sardonique : « C'est vrai que vous êtes une intellectuelle ! » et Léa avait clairement saisi qu'il fallait comprendre : « Ce matin, c'est moi qui ai le pouvoir et ta prétendue supériorité ne te servira à rien. »

Théo avait raison de penser qu'il était temps de partir, le plus vite possible ; les choses allaient mal tourner. La réussite serait dans l'oubli. Il fallait que l'entretien ne laisse pas de traces, qu'aucune aspérité n'inscrive la rencontre dans la mémoire de l'interlocutrice. L'idéal était que, d'ici quelques jours, elle ait oublié son nom et qu'elle ne sache plus très bien à qui appartenait ce visage dont elle n'aurait gardé qu'un souvenir un peu flou. Ce processus absurde devait trouver son terme. On sent clairement parfois que toute prolongation conduira au pire. Théo se leva, salua d'un signe de tête en s'efforçant d'installer un regard neutre où son exaspération ne paraîtrait pas. Il ouvrit doucement la porte du bureau. Le calme était essentiel ; il signifiait qu'il se soumettait à la logique d'une situation qu'il n'entendait ni diriger ni contester.

Interrompant sa fuite, la psychologue l'interpella :

« Un dernier mot. Si vous étiez dépositaire d'un quelconque secret qui puisse être utile au pays, si l'on vous avait transmis une information précieuse, une découverte essentielle, quelque chose qui annonce une révolution des mœurs, un coup de tonnerre dans la civilisation, que feriez-vous ? La livreriez-vous à l'État par devoir patriotique ? La cacheriez-vous pour ne pas être mêlé à une affaire délicate ? Envisageriez-vous de la vendre au plus offrant ? »

Le « coup de tonnerre » rappela instantanément à Théo la lettre de son père, l'annonce de cette nouvelle grandiose dont il ne comprenait pas la nature. L'expression de son interlocutrice était-elle une simple coïncidence ou une allusion directe au mystère dont il avait en vain tenté d'élucider le sens ? Il n'y avait aucune raison pour qu'une employée contractuelle de la mairie s'intéresse à la lettre de son père. C'était lui sans doute qui commençait à tout mélanger. Pourtant il ne pouvait oublier ces étranges déplacements d'objets dans son appartement, ni ce mendiant d'opérette qui s'était installé en face de chez lui. Il installa sur son visage une expression d'absurde stupéfaction qui justifiait le temps d'hésitation qui allait précéder sa réponse.

« Je ne sais pas. Il faudrait avoir été confronté à une situation de ce genre. Je n'ai jamais réfléchi à un tel dilemme. J'essaierais de faire au mieux… »

La psychologue hocha doucement la tête, sans que Théo puisse conclure qu'elle était satisfaite de sa réponse ou au contraire plus que jamais encline au soupçon.

Il descendit lentement l'escalier pour ne pas donner l'impression de fuir en cachant une pensée interdite. En bas, au moment où il allait franchir la porte donnant sur la rue, un homme sortit d'une guérite de surveillance et l'arrêta. Il ne put réprimer un haut-le-corps. Ce n'était donc pas fini ! Sans un mot, il lui tendit un téléphone portable, celui qu'il avait dû remettre le matin avant d'entrer dans le square, tandis que l'autre main, d'un geste significatif et autoritaire, lui réclamait le ticket qui attestait de ce dépôt.

En moins de deux heures l'environnement avait changé. Théo reconnaissait bien les lieux, mais il n'y percevait plus cette douce complicité qu'on trouve aux paysages qui portent une partie de soi. Il constata – comment ne l'avait-il pas remarqué plus tôt ? – que le jardin public était mal tenu, que les herbes y étaient hautes comme autour des maisons abandonnées, qu'une masse végétale indistincte recouvrait les chemins et que les buissons d'enceinte, jadis taillés au cordeau, étaient devenus informes et inégaux. Tout lui était devenu brutalement si étranger qu'il ne fut pas surpris de découvrir une pancarte qui mettait en garde contre les rats errants et expliquait que l'endroit était désormais impropre aux jeux d'enfants.

S'il n'y avait pas eu le texto de Didier, Théo aurait eu l'impression de s'être enfoncé dans la tristesse. « Aimez-vous, avait-il écrit, le reste n'a pas d'importance. Je suis heureux d'avoir une petite place dans ce moment de bonheur. Mazel tov ! » Didier se disait juif et affirmait cette qualité comme une sorte d'originalité culturelle qu'il portait avec fierté. En vérité, il n'existait plus de pratique religieuse suffisante pour qu'un individu puisse sérieusement prétendre appartenir à une communauté. Certains mots, certaines attitudes étaient encore en usage çà et là, mais ce n'était plus qu'une coquetterie, une évocation dont le sens historique échappait à la multitude. On avait résolu les ségrégations de jadis en effaçant les différences qui leur servaient de prétextes. La tolérance et le respect de l'autre n'étaient plus vraiment utiles, puisque tous étaient désormais tristement semblables.

4

Seul pour le cortège nuptial

Théo remonta lentement la rue jusqu'à la station de métro. Quelque chose d'indéfini l'accablait ; une intuition vague lui faisait craindre de s'être rapproché du malheur. Il était curieusement décontenancé, mal à l'aise, comme on peut l'être quand on sent une menace qu'on ne peut définir. Il se souvint d'un tout petit chapitre de *Bug-Jargal*, une page à peine, qui ressemblait à une parenthèse, presque à une intrusion dans le roman. On y disait en substance que, quand une épreuve s'annonce, l'homme heureux est plus dans l'étonnement que dans la peur.

Il se surprit à composer une attitude de soumission et même à forcer le trait en arrondissant les épaules et en baissant la tête. Il fallait rassurer l'œil anonyme qui certainement guettait le moindre signe de révolte. Existait-elle seulement, cette surveillance implacable ? N'était-elle pas un simple fantasme, un prétexte qu'il aurait inventé pour obéir, pour ne pas avoir à choisir, à se battre, pour être contraint mais tranquille ? Théo s'étonnait parfois de ne jamais ressentir de sentiments violents. Le déplaisir qu'une circonstance ou un être suscitait en lui n'avait jamais la force de déclencher une indignation. En quittant la psychologue, il avait ressenti un profond soulagement. Il se reprochait cet apaisement comme une lâcheté, comme une incapacité mesquine à la colère, comme un refus misérable de l'affrontement. Il n'était au fond qu'un brave type, plus enclin à la fuite qu'à l'engagement belliqueux. Il y avait si longtemps qu'on lui expliquait que la brutalité était élémentaire, primaire, absurde, et qu'un homme accompli conservait la maîtrise de soi en toutes circonstances ! Il n'avait même plus à faire d'effort pour réagir avec mesure et pondération ; c'était devenu un réflexe. Il n'avait pas à adhérer à un code d'obligations ; il s'était offert à la norme, consacré à cet impératif de mesure comme d'autres soumettaient leur existence à une règle monacale résultant à leurs yeux d'un commandement divin. Une inébranlable quiétude avait pris place en lui ; il était possédé par le calme, envahi par l'équilibre. Existait-il un contrepoison capable d'abattre cette distanciation démoniaque, cette politesse indifférente, cette léthargie des sentiments ? Pourrait-il jamais sortir de cette domestication de toute spontanéité ? Trouverait-il le chemin pour s'échapper du tunnel réglementaire où la réaction instinctive était proscrite ? Était-elle sans fin, cette condamnation à n'être que l'image disciplinée imposée par une autorité sans visage ? Théo savait que la grandeur s'accompagne souvent de violence, que dans le creuset de la nouveauté se cache une force terrible, prête à tout balayer sur son passage. Il rêvait de ce souffle terrifiant et annonciateur d'une ère inconnue, non sans craindre de s'en détourner au dernier moment, dans un réflexe de sagesse et de médiocrité. Pour lors, l'évocation d'une tempête fondatrice était impuissante à effacer l'idée de la légitime omnipotence du pouvoir de l'État.

Une fois monté dans la rame de métro, Théo se sentit rasséréné. Il était désormais si intimement mêlé à la foule qu'il eût été déraisonnable d'envisager qu'une quelconque autorité malveillante se préoccupât encore de lui. Il n'était plus qu'une infime partie d'un corps informe, juste une cellule anonyme, rien d'essentiel qui pût intéresser le cerveau de l'être imaginaire et monstrueux qui dirigeait l'ensemble. Le transport souterrain ne ressemblait plus que de loin au vieux métro du XXe siècle, mais on l'appelait toujours du même nom. Les voitures flottaient dans un tube sans toucher les parois ni le sol. Cette suspension dans l'air donnait l'impression rassurante de n'être plus nulle part, de n'avoir plus aucun contact avec la terre, presque d'être libre.

L'image de Léa revint à son esprit, sans qu'il se rendît compte que pendant quelques minutes il s'était interdit de penser à elle. Mais cette représentation, habituellement joyeuse, enthousiasmante, solaire, avait changé d'aspect ; elle était décolorée, comme devenue diaphane et entourée d'un halo sombre. Elle menaçait de disparaître sous l'insistance du regard. Il prit son téléphone et composa un SMS, mécaniquement, pressé comme s'il devait atteindre Léa avant qu'elle ne se dissolve dans le paysage. « J'en sors. L'épreuve est finie. Où es-tu ? » Il y avait de la panique dans ce style haché et dépourvu de tout sentiment. Mais il était trop tard ; c'était parti. Il conserva l'appareil à la main en le dissimulant sous sa veste. Il n'aurait plus manqué qu'on le lui arrachât avant qu'elle n'eût répondu. Le sifflement régulier qui accompagnait la progression du métro l'apaisait comme eût fait une berceuse. Il se savait tranquille jusqu'à destination. On ne changeait plus, comme on lui avait dit qu'il fallait le faire jadis en traversant à pied de longs couloirs sinistres. On programmait la station désirée et un message vous indiquait la voiture qui vous emmènerait directement à bon port. Le sous-sol de Paris avait été percé de nombreux tunnels supplémentaires pour que du même endroit on puisse partir pour des destinations différentes. Il ne restait plus qu'une minorité de stations orphelines à partir desquelles on devait gagner une halte multidirectionnelle. On pouvait voyager sans craindre de rater l'endroit où il faudrait descendre ; l'appareil personnel de multicommunication que chacun avait dans sa poche – les plus jeunes l'appelaient le multi, les vieux disaient encore portable – rappelait, trente secondes avant l'arrivée, par un lourd ronflement vibratoire, qu'on allait toucher au but. Dans la demi-léthargie où Théo glissait peu à peu, une vieille habitude refit surface : il se mit à examiner les pieds des voyageurs ; la statistique était toujours la même, neuf sur dix portaient désormais des baskets, qui, selon la couleur et la forme, évoquaient l'élégance ou la pauvreté. Théo aurait été bien incapable de décrypter la position sociale des pieds qu'il observait. La mode comme la musique contemporaine étaient des zones d'expression humaine qui lui étaient complètement étrangères. Il avait longtemps regardé ces arts avec mépris ; mais il en concevait du regret. Il n'était pas facile d'admettre que tout un corpus de signes, pratiqué à chaque instant par ses contemporains, était pour lui incompréhensible. Il avait l'impression d'être dans un pays dont il ne parlait pas parfaitement la langue. Fallait-il se féliciter de ne pratiquer que l'idiome classique ? À force de vouloir faire dans l'excellence, il allait finir par devenir un paria ; un peu comme l'imparfait du subjonctif le désignait souvent comme un has been. Comment pouvait-on avoir raison en étant minoritaire ? Était-il d'ailleurs concevable, ou même simplement décent, qu'un marginal prétende détenir la vérité ?

« Je te réponds plus tard. » Pourquoi Léa lui envoyait-elle ce message pré-enregistré, froid et impersonnel ? Elle devait être en ligne et ne pouvait faire mieux, se dit-il tout en pressentant qu'il se passait autre chose dont il refusait d'admettre la gravité.

Théo avait d'abord eu l'impression qu'en se mêlant à la foule il accéderait à la paix de l'anonymat, mais un trouble indéfinissable avait bientôt repris possession de lui. En sortant du métro, à Cardinal-Lemoine, il perçut une espèce de soulagement, comme s'il venait de quitter le couloir de l'angoisse, comme s'il s'était extirpé d'un piège sans issue qu'illustrait si bien le tunnel souterrain. Ce mieux-être était suspect. Il le vivait comme un mensonge qu'il se serait raconté à lui-même. Rien ne justifiait qu'il fût rassuré. Peut-être était-il en train de banaliser l'inéluctable, pour ne pas trop souffrir quand il surgirait. Une forme particulière de peur s'était installée en lui. Il connaissait bien cette impression de malaise qui grandissait en même temps que la vision du monde s'obscurcissait, devenait indistincte et inquiétante. Théo aimait l'ordre, mais ce n'était pas par fantaisie obsessionnelle. Quand les choses ont des contours précis, quand elles répondent à une définition, quand elles méritent la permanence qu'un nom leur confère, quand on s'endort avec la certitude de les retrouver semblables, intactes, le lendemain matin, on ressent cette étrange paix du retour du même. Les amis de Théo le plaisantaient souvent sur ce sujet :

« Pour toi, bien sûr, si quelque chose change, c'est le début du cataclysme final.

– Non, objectait-il. Mais comment être sûr que le petit déplacement perturbateur, celui qui me gêne et m'interpelle, n'est pas le présage de l'effondrement de notre univers, le signe avant-coureur du chaos, de la chute vertigineuse dans l'inconnu ? Quand le monde me devient étranger, même s'il ne s'agit que d'une broutille, ce peut être l'annonce de la vague qui va submerger ma conscience.

– Léa, avait rétorqué un convive, ne change pas de coiffure, sinon tu vas le conduire au bord du gouffre ! »

Le souvenir de ce dialogue réussit à lui arracher un sourire, mais l'inquiétude l'emporta. Quelque chose lui disait que cette intuition indistincte et angoissée révélait un bouleversement négatif. C'était bien plus qu'un vague changement d'humeur. Il fallait se reprendre, ne pas céder à un vent de panique dont au demeurant on ne voyait pas la raison. Théo prit le chemin de son domicile, comme un automate, sans avoir clairement décidé de s'y réfugier. Il aurait aussi pu aller chez Léa, mais il sentait qu'il ne le fallait pas, que cette initiative aurait été une incursion maladroite, qu'elle l'aurait prise pour une violence. Mais que s'était-il donc passé ? Ce n'était tout de même pas cette farce administrative qui les avait bouleversés. Leurs liens étaient assez puissants pour n'être en rien atteints par les provocations d'un quelconque pouvoir. Il était vrai que cette matinée n'avait pas été très sympathique, mais la psychologue et sa volonté de puissance, cautionnée par l'autorité publique, on s'en moquait éperdument. Il ne restait plus qu'à effacer cette parenthèse de la mémoire et à reprendre le chemin d'avant, celui du bonheur.

En parcourant mécaniquement la rue Monge, l'idée vint à Théo de s'installer dans les arènes de Lutèce, comme aurait pu le faire un spectateur des temps anciens. Il y a dans l'attente d'un spectacle une délicieuse protection de toutes les menaces de la vraie vie. Cette confortable passivité tient à la distance qui s'installe tout à coup entre le monde réel et soi. La tragédie théâtrale la plus épouvantable ne provoque qu'une émotion de surface. On sait que la souffrance et les larmes appartiennent à l'imaginaire, qu'on sera personnellement indemne de toute atteinte. L'évocation sur scène d'un désastre fantasmé prend aussi, discrètement, le sens de la conjuration d'une infortune toujours possible dans l'ordinaire des jours. Le malheur n'explose pas à tout instant ; quand la foudre tombe sur un personnage, comme aussi parfois sur un voisin bien réel, on se dit que la colère du ciel est apaisée et qu'on en sera quitte, cette fois-là, pour la peur.

Théo arriva bientôt à la hauteur du petit porche qui conduit à l'amphithéâtre. Son regard rencontra une pancarte indicative : « Square des arènes de Lutèce ». Le mot de square lui rappela instantanément celui de la place de Vaugirard. Une sorte de rédhibition l'arrêta net. Il s'était donc passé quelque chose là-bas et il n'effacerait pas le traumatisme par un haussement d'épaules. Fuyant les arènes, il traversa la rue et fut en un instant au pied du grand escalier qui conduisait chez lui. C'était étrange d'habiter une voie qui se terminait par un dénivelé abrupt d'une dizaine de mètres. Sans les marches qui joignaient les deux niveaux, la rue aurait été ouverte sur le vide. On avait beau avoir tenté de faire un lien, la rue Rollin était un cul-de-sac suspendu dans les airs, un petit monde à part. Il aimait cet endroit hors de l'espace et du temps, cette allure de coupe-gorge élégant, où deux atrabilaires enrubannés, échappés du XVIIe siècle, auraient pu croiser le fer sans qu'on en fût surpris. Malgré l'habitude, il ne rentrait jamais dans l'immeuble sans ressentir une sorte de consolation, l'impression rassurante d'avoir atteint un havre de paix, un refuge protecteur où nul ne pourrait l'atteindre. Ce sentiment était peut-être lié à l'histoire des lieux : l'appartement avait appartenu à sa mère ; en l'occupant, il s'installait paisiblement en son sein.

Il savait bien que vivre là était un privilège. Mais il ne ressentait aucune culpabilité à être un héritier. Bien que l'effort et la discipline aient été les piliers de son éducation et les ressorts de son comportement, il admettait qu'un certain nombre de faits ne doivent rien au mérite et qu'une part de la vie d'un homme relève du destin. Sa mère lui avait laissé un patrimoine qui ne lui avait pas seulement permis de vivre confortablement dans le Paris historique, inaccessible à la plupart. Malgré le partage des héritages avec l'État, il lui était resté quelques autres biens dont les produits le dispensaient des soucis d'argent qui accablaient presque tout le monde. Et lorsque, un an plus tôt, le petit avion que pilotait son père s'était abîmé en mer, il était devenu franchement à l'aise. Au point qu'il lui avait fallu apprendre à dissimuler les plaisirs auxquels il pouvait accéder pour ne pas s'exposer à la vindicte générale. On savait que son traitement d'enseignant n'était pas pour grand-chose dans son niveau de vie. Aussi longtemps que cette faveur demeurait abstraite, tout allait pour le mieux ; la jalousie est rarement suscitée par un avantage sans inscription visible dans le quotidien ; le scandale s'attache à ce qui est flagrant, ostentatoire, agressif. Il était donc préférable de ne pas rendre trop visible le gouffre qui le séparait de ses collègues. Il valait mieux qu'on croie que le week-end à Prague était un séminaire à Dresde, où personne ne rêvait d'aller ; ou encore que l'escapade à Florence n'était qu'une conférence à l'université de Milan. D'ailleurs ces explications étaient presque vraies. Il fallait au passage participer au colloque qui justifiait le voyage. On ne pouvait imaginer un déplacement sans raison officielle, ne fût-ce que pour recevoir l'autorisation de voyager, qu'on n'obtenait qu'en cas de motif respectable, avalisé par les autorités. Théo était devenu expert en organisation de circuits touristiques sous couverture laborieuse. Il avait même réussi depuis peu à obtenir d'être accompagné, à ses frais, par une assistante, qui, bien sûr, n'était autre que Léa. La gaîté, la rupture avec la sombre similitude des jours n'étaient possibles qu'au prix de ces travestissements, qui supposaient une bonne aptitude à l'affabulation. Théo aurait aimé vivre dans la transparence, mais la rigidité du système ne le permettait pas. Pourquoi aurait-il fallu qu'il étouffe son désir de voir le monde ? Pourquoi aurait-il dû vivre médiocrement ? Quel gain les autres en auraient-ils tiré ? Fallait-il s'étioler dans la privation pour être vertueux ? Ne pas sombrer dans la tristesse valait bien quelques mensonges, peut-être même quelques arrangements avec sa conscience. On aurait pu aisément démasquer sa manipulation de la réalité, mais nul ne semblait se préoccuper d'une telle révélation. L'essentiel était que les apparences soient sauves. Théo pouvait être riche, à la condition de le cacher avec soin. Il n'aurait pas été absurde de penser que la société se plaisait à récompenser les plus habiles menteurs. On avait même parfois l'impression que, lorsque la fable était belle, une certaine admiration imposait de faire comme si on la croyait vraie. C'était une sorte d'hommage rendu au génie du conteur, un coup de chapeau de la société de l'hypocrisie au mystificateur talentueux.

Cette artificialité des comportements avait entraîné un net recul de la morale. Le principe était l'arrangement, l'astuce, l'intrigue. Théo, en d'autres circonstances, aurait été capable de se poser des questions sur ses privilèges. Il aurait pu percevoir l'anomalie d'avoir pour lui seul un appartement que bien des familles auraient rêvé d'habiter. Mais il avait étouffé ces occasions de remords, pour ne pas gâcher les plaisirs que le ciel lui donnait, pour ne pas assombrir la joie de Léa, en un mot pour survivre.

Il se sentait tellement à sa place rue Rollin qu'aucune culpabilité, tirée des tyrannies de la justice sociale, n'effleurait sa conscience. Qu'on le veuille ou non, le mérite n'est pas la seule justification qui vaille. En a-t-on d'ailleurs jamais assez pour légitimer le bonheur ? Rien n'est plus doux que les joies sans cause qui vous échoient comme des caprices du destin. On ne peut pas payer pour tout. Quelle tristesse que cette équation mercantile qui veut nous facturer le moindre agrément ! Il y a des enracinements, des antériorités qui suffisent à faire comprendre les choses ; il existe aussi des situations inexplicables qui sont portées par une force secrète, trop fière pour nous expliquer ses desseins. Parfois le fait s'impose au principe, comme la puissance de la nature pulvérise l'impératif moral. La récompense est une notion si familière qu'on interdirait bientôt toute jouissance à ceux qui n'ont rien à brandir pour justifier cet avantage. En cherchant bien, on se rend compte que l'équité égalitaire du maître d'école est non seulement un choix idéologique, mais une façon de torturer le réel pour le rendre conforme à un modèle artificiel et partisan. La vraie vie se moque bien de ces égarements ; elle nous impose des faits, crânement, et nous met au défi d'en démontrer l'anomalie. Le projet d'un ordonnancement du monde conforme à un choix moral se montre vite irréaliste. Quelle morgue a bien pu conduire les idéologues à préférer une conception imaginaire et abstraite à ce que met en place l'irréductible puissance du hasard ?

Théo se savait digne de ces murs de pierre ancestraux, de cette énorme porte cochère cloutée qu'on aurait ouverte avec peine sans le moteur qui assurait la manœuvre, de l'escalier monumental à la rambarde sculptée, des marches usées par des siècles de pas. En vérité, il ne se posait même pas la question. C'était ainsi, depuis toujours ; il participait à l'histoire du lieu, il y était déjà chez lui avant de savoir ce que ces mots voulaient dire, avant même peut-être d'exister.

5

La fuite de la mariée

Une fois chez lui, Théo s'empressa de répondre d'un mot au message de son témoin : « C'était bon de te voir, même de loin. Et puis il est si rare de pouvoir associer quelqu'un à son bonheur ! Je ne suis pas sûr toutefois que cette formalité de conjugalisation, comme on dit, ait été très inspirée… Je t'appelle. Merci pour ce matin. Je t'embrasse. T. »

Un livre, voilà ce qui allait remettre les choses d'aplomb et permettre de rompre avec un environnement morose et l'ombre d'une menace invisible. Mais il fallait le choisir avec soin ; pas trop abstrait, car les idées n'auraient pas la force de concurrencer le réel, et suffisamment riche en images puissantes, en faculté de transport vers l'inconnu, pour qu'on puisse s'y oublier, s'y perdre. Un roman de Conrad ferait l'affaire. L'ailleurs y est décrit avec une telle force que l'on perçoit bientôt les couleurs du ciel, la moiteur de l'air ou les courants du fleuve, sans perdre de vue cet au-delà universel, discrètement dessiné derrière l'exotisme du lieu romanesque.

La main, qui parcourait la bibliothèque comme une caresse, faillit s'arrêter sur *Lord Jim*. Mais il parut prudent à Théo de s'éloigner de ce vieux camarade auquel il ressemblait assez pour être, comme lui, incapable d'être heureux. Il y a dans la haute exigence morale, qu'il partageait avec le héros du roman, une inéluctable insatisfaction, un sentiment d'échec insurmontable. Il ne fait pas bon aimer la perfection. Elle est à l'amoureux du bien ce que la sirène est au marin : elle se fait aimer, mais vous glisse toujours entre les doigts ; elle fait de vous un éternel médiocre, l'illustration pitoyable d'un idéal trahi. On ne se rend pas toujours compte que le service du devoir est une voie sans fin qui vous broie et vous laisse pitoyable et déçu.

Théo contempla ses livres avec attendrissement. Ils renfermaient un magnifique capital d'intelligence dont il ressentait le voisinage comme une promesse d'appropriation. Les livres étaient aussi un bien devenu rare qu'il était fier de posséder. Il prit un autre ouvrage du même auteur, plus abstrait, plus flou, évoquant un monde presque irréel, mais avec suffisamment de force pour qu'on plonge dans une atmosphère qui mettrait à distance la quotidienneté du lecteur. Il fallait trouver de quoi échapper un moment à un environnement lamentable.

Une sonnerie brève annonça un message. Théo saisit son téléphone avec soulagement. Quand on est englué dans le mal-être, sortir de soi est une opportunité précieuse, fût-ce pour s'intéresser à un sujet médiocre. De plus, on n'était pas dans le dérisoire, c'était Léa : « Parlons-nous ce soir. J'ai besoin de quelques heures, peut-être plus. Je crois cependant que je t'aime. L. » Il se sentit rasséréné, malgré le *cependant*, dont il avait pressenti la sournoise présence sans bien en comprendre la raison. Il reprit *Au cœur des ténèbres*. Curieux choix pour quelqu'un qui voulait échapper à une inclination dépressive ! Son regard parcourait les lignes ; il reconnaissait çà et là des passages qu'il avait marqués au crayon. Mais le cerveau ne suivait pas ; on eût dit que la connexion entre les yeux et l'intelligence avait été suspendue. La lecture était bizarrement devenue une action strictement physique qui n'allait plus jusqu'à l'apparition du sens. Il lisait comme il aurait pris la fuite ; il pensait pour ne pas penser. Il s'intéressait aux préoccupations d'un autre dans la seule mesure où elles éloignaient les siennes et installaient une distance apaisante avec un présent angoissant. Il n'entrait pas dans le texte, dont la signification lui échappait. Il suffisait que le livre fît écran avec le monde, comme une musique puissante aurait eu pour seule mission de couvrir un cri. Il n'était pas dupe de cette action de maquillage, d'interposition d'une vie factice entre la réalité et lui ; il se demandait même si tout ce qu'il avait pu faire, depuis toujours, n'était pas à ranger dans la même dérobade, dans la même fuite au sein de ce qui n'existe pas. On croit souvent que celui qui vit dans la familiarité des idées s'éloigne peu à peu de la vie concrète ; il serait peut-être plus judicieux de conclure qu'il a trouvé refuge dans l'abstraction par haine ou par peur du monde.

Théo ne savait plus comment se libérer de cette inquiétude obsédante et irrationnelle qui l'avait enveloppé, comme une brume épaisse s'abat parfois sur la terre. Quel illuminé, ce Montesquieu qui prétendait n'avoir jamais eu de chagrin qu'une heure de lecture n'ait dissipé !

En parcourant des yeux les rayons de sa bibliothèque, Théo aperçut un livre d'où un document dépassait à peine. Il eut un sourire triste et se saisit du document. C'était la dernière lettre de son père, celle où il lui annonçait cet événement d'importance dont il ne connaîtrait jamais la nature. Il ne l'avait pas cachée là par hasard. Quelques semaines plus tôt, il avait retrouvé son appartement dans un ordre qu'il ne reconnaissait pas. Apparemment rien ne manquait, il fallait donc écarter l'idée d'un cambriolage. Mais il avait eu l'impression qu'un esprit malin s'était amusé à substituer un ordre à un autre, comme pour le conduire à ne plus se sentir chez lui. La lettre de son père, qu'il avait placée dans le tiroir central de son bureau, s'était retrouvée dans un autre tiroir du même meuble.

Théo était très soucieux de l'organisation matérielle de sa vie et la moindre anomalie lui apparaissait comme un bouleversement. Il avait donc immédiatement pensé à une incursion malveillante. Mais il fallait savoir se méfier de soi-même ; rien n'excluait qu'il eût remis cette lettre au mauvais endroit. Il la relisait souvent, comme pour percer le mystère qu'elle recelait. Il avait pu être dérangé par le téléphone ou une visite inopinée. Le plus probable était l'arrivée de Léa. Elle s'inquiétait de le voir lire et relire cette ultime missive et lui conseillait d'accepter l'inéluctable. Surpris en flagrant délit, il avait dû ranger la lettre avec précipitation dans le mauvais tiroir.

L'hypothèse d'une visite domiciliaire n'était pas pour autant à exclure. On refaisait la façade arrière de l'immeuble et l'échafaudage aurait permis qu'on entrât chez lui sans difficulté. Pourtant le printemps était encore frais et il était sûr d'avoir laissé les fenêtres closes. Il avait poussé l'enquête en direction de la gardienne.

« Maria, vous êtes venue faire quelque chose chez moi hier ?

– Sûrement pas, monsieur Théo. Vous savez bien que je ne viens jamais le mercredi. C'est mon jour de congé. Je vais m'occuper de ma petite-fille. Savez-vous ce qu'elle m'a dit hier ?

– Quelqu'un d'étranger à la maison est-il venu ?

– C'est bien possible. L'architecte devait accompagner l'entrepreneur pour voir s'il y avait des travaux complémentaires à faire. Mais, moi, je n'ai vu personne. »

Théo en était resté là, imputant à son imagination le soupçon d'une intrusion dont il ne voyait d'ailleurs pas le sens.

Théo s'était levé et regardait par la fenêtre. L'espace intérieur, à l'opposé de la rue, desservait plusieurs immeubles et était aussi grand qu'une cour d'école. Les arbres qui y étaient plantés donnaient, l'été, l'impression d'être déconnectés du monde, de flotter étrangement entre la canopée et le ciel. On pouvait même s'offrir le luxe d'imaginer qu'il n'était pas plus sûr qu'il y eût un monde sous la verdure qu'il n'était évident qu'au-dessus des nuages quelque chose existât.

Comment faire pour conjurer ce malaise poisseux qui à la fois signalait une présence et paralysait l'esprit ? Il fallait admettre que l'intelligence ne peut pas tout. Parfois l'instinct nous signale une présence, jette un éclairage sur une insignifiance dont on devine l'importance, sans encore discerner ce qu'elle veut nous faire comprendre. Allait-il déchiffrer l'énigme, démêler l'écheveau ? Il ressentait de l'agacement devant ce que la situation contenait d'injuste ironie : il arrive qu'une question demeure sans réponse, qu'on soit confronté à un problème qu'on se sait incapable de résoudre, mais au moins on connaît les termes de l'équation. Théo était placé devant un mystère absolu. La menace flottait dans l'air sans même qu'on sache de quoi elle était faite. Comment était-il concevable d'être confronté à l'absolument inconnu ? Comment se protéger d'un péril dont l'existence était de plus en plus certaine et la nature de plus en plus indéterminée ?

Le reste de la journée se déroula dans un flou douloureux, mais apaisé. Théo était à demi malade, presque anesthésié, présent et absent, doué d'intelligence et abruti par une drogue inconnue. Il avait dû manger un peu, dormir aussi, mais il n'en était pas tout à fait sûr. Il avait aussi parlé au téléphone avec Didier, qui lui avait dit sa disponibilité, comme s'il avait deviné que Théo avait besoin de lui. Vers 19 heures, Léa l'appela, comme elle l'avait annoncé ; elle faisait toujours ce qu'elle avait dit.

« Je suis content de t'entendre, dit-il mécaniquement et pourtant attendri.

– Je t'avais annoncé mon appel, répliqua-t-elle, surprise que Théo en fût étonné. Tu as une curieuse voix. Ça va ?

– Oui, enfin, rien ne me permet de dire que ça ne va pas, mais…

– Depuis ce matin ?

– Oui. Je ne sais pas ce qui s'est passé…

– Moi, je sais. Ces gens-là sont des pervers. J'ignore comment ils t'ont traité, mais je ne suis pas près d'oublier leurs méthodes. Ça s'est passé comment pour toi ?

– Bah, rien à dire. Ce n'était pas très chaleureux. J'avais l'impression qu'un lourd soupçon pesait sur moi et qu'on voulait s'en servir pour me soumettre, sans que je comprenne à qui et pourquoi, mais ça n'a pas duré longtemps. Je suis resté en retrait, je ne me suis pas montré très coopératif. Assez rapidement on m'a congédié, en me donnant le PASS que j'étais venu chercher.

– Si je comprends bien, tout a été banal ? Rien à signaler ?

– Si l'on veut; mais je me suis senti mal toute la journée. J'attendais ton appel comme un naufragé espère une bouée salvatrice. Enfin, maintenant c'est fini.

– Je n'en suis pas si sûre. Toute cette histoire m'a traumatisée. Ce n'est pas pour moi un événement anodin. Il faut que je m'en remette.

– Mais, enfin, que s'est-il donc passé de si extraordinaire ?

– On m'a placée devant trois personnes, deux femmes et un homme, une sorte de tribunal que semblait présider une psychologue entre deux âges que la bienveillance n'étouffait pas. Elle m'a demandé si nous avions des relations sexuelles. J'ai dit oui d'un signe de tête. Elle m'a demandé si je n'avais jamais été contrainte, si tu n'avais pas exercé de pressions sur moi, si je ne m'étais jamais sentie obligée. J'ai cru mettre fin à l'interrogatoire en disant que nous nous aimions et que ce type de relation, triste et parfois criminelle, ne nous concernait pas. Elle m'a alors demandé si je la trouvais intrusive, déplacée. J'ai dû faire une moue qui signifiait : "Mais non, mais non. Finissons-en." Je ne sais pas si elle a été vexée, mais le festival s'est alors déclenché. Chacun des trois inquisiteurs m'a demandé à son tour si nous avions accompli tel ou tel geste sexuel. J'avais l'impression qu'ils violaient mon intimité, qu'ils salissaient des attitudes où l'amour nous avait tout naturellement conduits. C'était dégueulasse et je voyais bien qu'ils y prenaient plaisir, un plaisir sadique où la vulgarité se mêlait à la jouissance de salir chez l'autre ce qu'ils regrettaient jalousement de n'avoir pas connu.

– Je... je suis désolé. Je ne sais que te dire.

– Je ne te cache pas que je t'en veux un peu. C'est toi qui nous as embarqués dans cette démarche ridicule. Je sais bien que tu ne pouvais prévoir que les choses se passeraient ainsi, mais ce soir j'ai du mal à réprimer l'idée qu'ils ont agi sur ton initiative. Je sais bien que c'est absurde et faux, mais je ressens cette agression comme si tu l'avais commanditée.

– Je comprends. Je ne pouvais pas imaginer… Je voulais seulement que nous ne soyons pas des récalcitrants, des suspects, des réfractaires, comme ils disent.

– Oui. Mais ils ne sont pas dupes. Ils m'ont demandé, goguenards, entre deux évocations de cunnilingus et de fellation, si je méprisais leur mission, si leurs propos me dégoûtaient, si je prenais cet échange pour un abus de pouvoir, si je croyais que ma liberté valait plus que la paix sociale. J'ai feint de ne pas avoir d'avis, mais ils avaient lu l'indignation sur mon visage. J'ai fini par exploser et par leur dire l'écœurement qu'ils provoquaient chez moi. J'étais en colère. Tu aurais sans doute qualifié mon ton d'arrogant. Mais je me demande dans quel état tu m'aurais retrouvée si j'avais réprimé ma rage.

– Je vois, dit Théo. Je commence à comprendre.

– Après tout cela, je ne peux pas m'imaginer dans tes bras sans quelque arrière-pensée. Je n'ai jamais envisagé que tu prostituerais un jour l'image de nos ébats, comme le font certains salauds. Pourtant, même à ton corps défendant, c'était un peu la même chose, en moins élémentaire, mais en tout aussi humiliant.

– Tu ne crois pas que c'est aussi le but poursuivi ? Un couple solide, un amour fort, c'est une sorte de pôle de résistance au pouvoir de l'État, un noyau insécable, une entité qui se suffit à elle-même. Ils veulent nous dominer, nous soumettre, garder un œil et une capacité d'agir sur un niveau d'intimité qui leur échappe. Je me demande si cette triste comédie n'a pas été l'occasion de nous affaiblir, de nous amener à mettre un genou à terre, de casser la force qu'ensemble nous pouvons avoir. Mais je ne vois pas l'intérêt de cette torture morale, ni le but qu'elle peut bien poursuivre. T'ont-ils parlé d'un secret, d'une information qui serait précieuse à l'État, de quelque chose que nous pourrions cacher ?

– Non. Je ne vois pas de quoi tu parles. Tu m'expliques que je suis en train de faire leur jeu, de leur servir la soupe. Peut-être, mais c'est comme ça ! Rien n'est définitivement compromis, mon chéri. Je te l'ai dit, je t'aime. Mais je t'aime malgré quelque chose que je dois vaincre, digérer, faire disparaître. Cela prendra un peu de temps.

– Je t'aime aussi, mais sans restriction, ce qui rend pour moi la situation difficile. Je me sens puni pour une faute qui incombe à d'autres. Mais j'admets que je nous ai entraînés dans cette aventure avec légèreté. Je n'aurais jamais imaginé que les choses tourneraient ainsi. Je ne vois toujours pas le sens de tout cela. Tu connais ma stupidité lorsque je suis confronté à certains aspects inconnus du monde. J'ai parfois l'impression d'être un alien, incapable de comprendre et de réagir comme il le faudrait... Comment veux-tu que nous fassions ? Ne crois pas que j'accepte allègrement le temps dont tu as besoin, mais je respecte ton choix et je crois qu'il faut que nous prenions les moyens de nous laver de cet affront.

– Laisse-moi quelques jours, le temps qu'il faudra. N'essaie pas de me joindre. Il faut aussi que j'expérimente le manque de toi. Ne me chasse pas de ta vie pour retrouver le confort des jours où rien n'embarrasse ni ne gêne. Sache que je n'ai pas oublié que je t'aime. »

Et elle raccrocha.

Deuxième partie : le départ

Théo s'était levé presque serein. La situation n'était pas idyllique, mais il croyait à la solidité des sentiments de Léa. Il se disait que d'ici quelques jours elle reviendrait à lui et que la vie reprendrait son cours. Il suffisait d'attendre. Du moins était-ce le scénario qu'il s'efforçait d'envisager comme le plus probable. Il repoussait avec force l'embryon d'inquiétude qui s'agitait au fond de lui, luttant pour que ne s'épanouisse pas la perspective d'une séparation durable. Pour échapper à la peur qu'insinue sournoisement une menace, le plus sûr est souvent de ne pas la laisser s'exprimer. Mieux vaut ne pas formuler clairement une hypothèse catastrophique ; ce serait une façon de lui donner droit de cité, de l'admettre comme possible, presque de la considérer déjà comme vraisemblable. Concevoir le pire, c'est une façon de l'appeler à devenir réalité, pour en finir, pour ne plus avoir peur. Il faudrait pouvoir étouffer les mauvaises pensées, mais elles n'existent pas à l'état embryonnaire ; lorsqu'on se risque à envisager un malheur, l'imagination le déroule tout entier, brutalement, évoquant en même temps les anodines prémices et l'apocalypse finale. Théo s'était bien réveillé, comme d'habitude, vers quatre heures du matin, avec une légère angoisse, mais le malaise était demeuré vague ; le tourment de la nuit ne s'était pas mué en tragédie, comme cela se produisait si souvent. C'était bon signe.

1

Un déjeuner entre amis

En arrivant au Balzar, Didier alla directement à la table où l'attendait Théo et lui dit sans préliminaires :

« Que se passe-t-il, Théo ?

– Rien, répondit l'autre en affectant d'être surpris et presque indigné par la question. Ce n'est tout de même pas extraordinaire que j'invite un vieil ami à déjeuner.

– Ça pourrait ne pas l'être, en effet ; mais je sens bien que tu me caches quelque chose. Tu te lies hier à Léa, l'année universitaire est finie et tu n'as pas de soucis d'argent. La simplicité de ma pensée me dit que tu devrais être avec ta femme dans l'exotisme de l'amour et du paysage. Or tu es là, seul, à deux pas de la Sorbonne, dans un restaurant que tes collègues ont déjà déserté.

– Tu as un côté vintage qui m'a toujours bien plu. Tu ne vas pas tarder à me parler des mariages de jadis, de la joie ostentatoire, de la fête, de l'indécente nuit de noces guettée et commentée par tous, et du départ pour la lune de miel dans un concert de casseroles attachées au pare-chocs de l'automobile

– Tu sais bien que la caricature est une sorte de falsification, d'outrance mensongère. C'est aussi un bon moyen de se dissimuler. Je sais que notre formule de conjugalisation n'est guère poétique. Mais soyons clairs : que se passe-t-il et où est Léa ? »

Théo, acculé et confiant dans l'affection de son interlocuteur, raconta.

« Je commence à comprendre, fit Didier, pensif.

– Le paradoxe est complet, presque comique : cette belle cérémonie d'union nous a séparés ! Je ne peux dire pour combien de temps. Tu vois, ce qui m'agace, c'est que je suis l'auteur de tout cela. Léa ne demandait rien ; cette officialisation de notre relation lui importait peu. Je suis plus conformiste, plus soucieux des apparences. En fait, je voulais lui faire l'hommage de mon engagement à ses côtés. Et je n'ai réussi qu'à tout gâcher, qu'à tout éclabousser de boue. Il ne me reste plus qu'à espérer une sorte de miracle. Crois-tu que Dieu prenne souvent en pitié la stupidité des hommes ?

– Sous réserve de son existence – qui, selon les moments, m'apparaît comme une évidence ou comme une billevesée –, je dirais que c'est là son emploi, sa marque. Nous évitons parfois les issues tragiques de nos comportements irresponsables, comme il arrive aussi qu'il nous faille supporter des malheurs que nous n'avons en rien contribué à faire naître. Pour ce qui est de Léa, je n'imagine pas un instant qu'elle se laisse longtemps troubler par ce moment désagréable. Elle veut peut-être te punir un peu, te faire réfléchir à la stupidité d'institutions que tu regardes avec une soumission admirative qu'elle juge inquiétante.

– Tu as sans doute raison. Mais, en attendant que Léa et le destin se mettent d'accord, je fais quoi ?

– Tu t'en vas, tu prends le large, tu vas chercher ailleurs une nouveauté porteuse d'espérance. Tu t'éloignes d'un environnement auquel s'attache ton angoisse. Au passage, tu te libères de l'absence de Léa, tu cesses de te figer dans l'attente douloureuse du signe qu'elle finira bien par t'envoyer. Tu vas respirer un air neuf, te perdre dans des questions que tu ne te posais plus. La rupture, surtout apparente et à l'évidence temporaire, a un délicieux parfum de liberté. »

L'idée de ce départ s'installa bientôt dans l'esprit de Théo comme une évidence. Il partirait sans tarder. Peu importait pour où. C'était donc cela, l'homme raisonnable et maître de lui-même ! Ce qu'on appelait pompeusement une décision ne consistait donc qu'à laisser s'épanouir en soi la perspective qu'une force inconnue y avait installée sans donner d'explication ? La liberté n'était-elle qu'une illusion ? Était-il possible que ça décide en moi, à travers moi, si ce n'est malgré moi, du moins sans que j'y sois pour grand-chose ? Fallait-il obéir à l'intrusion extravagante qui prenait possession de soi ? Devait-on céder à cette vague irrationnelle qui dominait toute capacité logique ? N'était-il pas sage de mettre en doute la qualité d'une idée qui s'imposait brutalement, sans qu'on l'ait vue venir ? Il est vrai qu'on croyait aussi à la grâce, à l'inspiration, à la chance, voire à l'aide de Dieu, même si on appelait de moins en moins souvent cette puissance par son nom. Peu importait d'où venait l'impérieux message, trancha Théo. Il le recevait avec suffisamment de force : il partirait. Il ne restait plus qu'à savoir où et surtout comment.

« Dis-moi, Didier, d'où te vient cette connaissance intime de la rupture, cette familiarité avec l'effet salvateur du départ ?

– Tout simplement de la guerre, mon vieux, de la guerre que je déteste et dans laquelle pourtant je trouve une sorte de renouveau.

– Mais quelle guerre ?

– C'est vrai que tu es marin. Quand tu es rappelé pour une période, c'est quoi ? Deux ou trois mois en mer ?

– C'est ça, trois mois tous les deux ans. Je crois bien que la prochaine fois on va m'affecter à Paris. Je dois vieillir. Mais pourquoi parles-tu de guerre ?

– Ton bateau, j'imagine, patrouille en Méditerranée et arraisonne de temps en temps une embarcation de migrants que vous conduisez en Libye, dans ces camps de Cyrénaïque qui accueillent les candidats à l'exode qui se sont fait prendre.

– Oui, c'est cela, approuva Théo. Tu sais, ces camps ne sont pas si mal. J'ai du mal à admettre que les hommes d'un autre continent puissent avoir un droit à s'installer chez nous. Nos humanistes poussent la générosité – ou l'inconscience – jusqu'à accepter l'éventualité d'une sorte d'invasion. Le souci de l'autre peut-il aller jusqu'à la haine de soi ? Nous leur avons bâti en Libye des structures d'accueil qui commencent à ressembler à de vraies villes ; ils sont convenablement logés, nous leur fournissons un travail pour un salaire que ni eux ni nous – pour des raisons inverses – n'auraient osé espérer. Je n'ai pas le sentiment d'être dans le camp du mal.

– C'est bien ce que je pensais : la marine joue un remake paisible d'*Un taxi pour Tobrouk*, version humanitaire de l'exploitation de l'homme par l'homme. Mais l'armée de terre, elle, est en position aux côtés des troupes locales aux confins du Maghreb et de l'Afrique noire. Et là, je peux te dire qu'il ne s'agit pas de recueillir quelques dizaines de clandestins épuisés et à la dérive. Les migrants là-bas, ce sont des groupes armés qui attaquent et tentent de forcer le passage. Au sud de Tataouine, où j'avais été affecté l'année dernière, on tire, on tue, on dissuade, comme ils disent.

– Tout se passe un peu comme si nous avions deux vies, presque deux visages : le paisible intellectuel parisien et le farouche gardien de la pureté de l'Occident, dit Théo, pensif et indifférent.

– Et nous vivons cela comme si c'était une banale organisation des moments de l'existence, une sorte d'agenda avec ses plages de réflexion et ses temps consacrés à liquider l'envahisseur potentiel, conclut Didier, que son expérience de la confrontation armée rendait moins serein.

– Ne sombrons pas dans l'impasse existentielle. Il n'est pas mal, ce bordeaux, je te verse un dernier verre ? »

On était au début de l'été et Théo n'avait plus guère d'obligations à Paris. Il fallait bien encore qu'il passe à la faculté pour signer le procès-verbal des délibérations de lissage, mais ce ne serait qu'une formalité.

« Dis-moi, Théo, qu'est-ce que c'est que cette histoire de procès-verbal de lissage ?

– Rien de bien glorieux. Selon le pourcentage d'étudiants reçus dans la France entière, la Sorbonne s'aligne. En fait, elle choisit une proportion d'admis légèrement inférieure à la norme nationale pour maintenir sa réputation d'excellence. Tu as compris que le mérite de chacun dans tout cela était parfaitement secondaire. On ne demande plus aux étudiants d'atteindre un certain niveau de savoir; il leur faut simplement prier pour qu'un heureux hasard les place dans les 90 % qu'on va déclarer reçus.

– Tu veux dire que le critère du succès universitaire tient désormais dans l'existence d'un faible volant de plus mauvais que soi ?

– C'est exactement ça. La sélection est un crime, l'exclusion un ostracisme. Je me demande d'ailleurs pourquoi on organise encore des examens.

– Si l'étudiant médiocre tient sa réussite de l'existence de plus mauvais que lui, il faut bien trouver le moyen d'identifier qui est qui.

– Ce système m'a conduit un jour à déclarer publiquement qu'il existait des années fastes, où celui qui aurait mérité d'être collé était sauvé par plus nul que lui. J'avais dit que c'était la version universitaire de l'horoscope chinois dont nous avions découvert une catégorie jusqu'alors inconnue : l'année du crétin ! Comme toi, mes collègues ont ri, mais cette bonne humeur n'a pas duré longtemps. J'imagine qu'ils ont rapidement pensé que leur hilarité pouvait passer pour l'approbation d'un jugement condamnant la règle, voire d'un désaveu politique dont on risquait de leur tenir rigueur. Bientôt s'est installé un malaise silencieux où chacun espérait montrer qu'il se repentait d'un moment de faiblesse. Il leur fallait souligner qu'ils n'approuvaient pas une plaisanterie qui pouvait masquer une violente critique du système. Depuis ce moment, je suis entouré d'un ostracisme courtois et d'une politesse glacée. Ce banal incident m'a donné à réfléchir : est-il normal qu'un rejet de l'ordre en place, à peine esquissé, par jeu, juste pour voir, soit assimilé à une trahison ? Le monde est-il si fragile qu'il faille condamner la plus anodine incartade ? Le comique ne vient-il pas précisément de l'absurdité d'un propos auquel nul ne souscrit ? Enfin, c'est ainsi... Que dirais-tu de faire quelques pas avant de retourner à nos occupations ? »

Pendant quelques instants ils marchèrent en silence. Théo pensait à ses collègues, à leur étrange vulnérabilité, à la peur dans laquelle ils étaient enfermés, à leur soumission à une règle vague, non écrite et probablement inexistante. Il avait pour beaucoup d'entre eux une sincère estime et pour quelques-uns une réelle admiration. Comment des personnages aussi considérables pouvaient-ils se précipiter pour baisser la tête devant une autorité anonyme et faire allégeance à une loi inexprimée ? Il y avait quelque chose de pitoyable à voir de beaux esprits rendre hommage à une puissance dont l'existence était incertaine et l'exigence tout juste supposée. L'intelligence serait-elle toujours victime de la force ?

Aucune suite officielle n'avait été donnée à la boutade qu'il s'était imprudemment permise et Théo se demandait si la réprobation effrayée de ses collègues ne relevait pas du pur fantasme. Il aurait été singulier qu'on perçût comme une faute un trait d'humour qui n'avait d'autre fin que le rire. La crainte d'une sanction était d'autant plus déraisonnable qu'elle aurait été tout à fait disproportionnée. Là était sans doute la formidable réussite du pouvoir : l'autorité anonyme laissait planer la menace d'un châtiment aussi mystérieux dans sa raison d'être qu'aléatoire dans sa survenance. Chacun devait donc imaginer ce qui pourrait être regardé comme un égarement et se forger une discipline propre à le mettre à l'abri de toute accusation. Rien n'est plus impérieux que la règle qu'on s'impose à soi-même ; elle rend superflu le recours à toute force de contrainte. Les collègues de la Sorbonne ne réagissaient pas différemment de Théo, qui, il y a peu, en sortant de l'entretien avec la psychologue, avait mimé l'allure de l'être soumis pour ne pas montrer la moindre morgue à des caméras, pourtant bien incapables de déceler la provocation ou l'accablement.

Depuis l'incident de l'année du crétin, Théo avait redoublé d'efforts pour rentrer dans le rang et effacer le soupçon dont il faisait l'objet. Il fallait absolument gommer l'idée qu'il aurait eu le désir de bousculer le système, la volonté de changer de références, la nostalgie d'un élitisme qu'on avait eu tant de mal à détruire. Il n'était pas question de sombrer dans une originalité au parfum de scandale. La prudence commandait de ne pas se faire remarquer. Il y avait dans le culte de la différence une évidente provocation sociale. On disait que jadis les plus doués voulaient ne ressembler à personne et que c'était même le moyen de réussir et d'être admiré. Son grand-père, lui avait-on dit, avait été un avocat tonitruant et audacieux. Son père avait été un chef d'entreprise imaginatif et conquérant. Il se disait entrepreneur, avec un léger sourire, comme pour signifier qu'il avait vécu en aventurier, cultivant avec délectation des perspectives incertaines balançant entre la catastrophe et le triomphe. Les temps avaient bien changé. La volonté d'apparaître comme un être à part aurait aujourd'hui révélé un inquiétant souci de soi et une attirance coupable pour la domination. On aurait immédiatement perçu, dans cette inclination pour la singularité, le syndrome d'un sociopathe avide de reconnaissance et prêt à tyranniser autrui.

« Théo, à part le mouvement d'humeur de Léa et ton hypothétique marginalité universitaire, es-tu sûr que tout va bien ?

– Pourquoi me demandes-tu cela ?

– Tout simplement parce que je sens chez toi une préoccupation, peut-être même une inquiétude. Nous nous connaissons depuis longtemps et tu n'es plus le même.

– Je t'en avais dit un mot l'autre jour et j'avais été soulagé que tu n'y attaches pas d'importance. J'ose à peine t'en parler à nouveau. Tu vas me prendre pour un parano. Je me sens de plus en plus clairement épié, espionné. J'ai beau faire effort pour écarter cette impression, je ne parviens pas à m'en libérer.

– As-tu seulement des éléments concrets qui étayent cette hypothèse ?

– Oui. Dans mon appartement, des objets se retrouvent à des endroits où je n'ai pas le souvenir de les avoir rangés. C'est presque imperceptible. J'essaie de me persuader que je fais erreur, mais tu connais mon obsession de l'ordre ; je suis convaincu que quelqu'un s'est introduit chez moi. Le plus angoissant, c'est que rien ne m'a été dérobé et que cette intrusion évoque les services spéciaux qui ne se seront intéressés à moi que si je suis suspect de quelque chose. Et puis il y a le mendiant.

– Quel mendiant ? demanda Didier, qui commençait à douter de l'équilibre mental de son ami.

– Celui qui est chaque jour au pied de mon immeuble. Tu connais ma rue, il n'y passe que très peu de gens. Sa présence est incompréhensible ; les aumônes doivent être rares. Il pourrait bien être là pour surveiller mes allées et venues. D'ailleurs, le prétendu sans-abri a l'air propre et soigné, ce qui alourdit mon soupçon.

– Y a-t-il quelque chose dans ta vie qui puisse justifier cette surveillance, pour autant qu'il s'agisse de cela ?

– Non, rien. Je ne vois pas pourquoi on s'intéresserait à moi de cette façon. Non, rien, je t'assure.

– Tu devrais te reposer, quitter Paris. Emmène Léa dans un lieu sympathique. Vivez votre amour sans attendre qu'il se soit envolé. Le bonheur est éphémère, il faut le saisir quand il passe. L'insouciance n'est pas un péché, mon vieux ; elle est un hommage à la vie et aussi un ressourcement, la condition faussement paradoxale d'une vie austère consacrée au devoir », conclut Didier en prenant congé.

2

Victor et l'adieu au passé

Théo passerait signer le procès-verbal des délibérations de lissage. C'est vrai qu'il y avait de la soumission dans cet acte ; c'était même une façon d'honorer lâchement la médiocrité à seule fin de plaire au plus grand nombre. Mais il n'imaginait pas de devoir renoncer à être un jour titulaire d'une chaire pour avoir bêtement cédé à la tentation d'installer une vérité aristocratique et blessante pour autrui. Qu'est-ce donc qui était le plus légitime ? Combattre pour une vérité abstraite, devenir le chantre de l'élitisme, humilier tant de gens dont l'insuffisance deviendrait publique ou transiger et faire régner le bonheur autour de soi ? Non, ce n'était pas une compromission, pas une déchéance, pas une trahison. On se demandait bien d'ailleurs pourquoi il fallait déployer tant d'efforts pour s'en persuader. C'était un compromis, un abandon fait généreusement à autrui de ses certitudes. Il y avait même de la beauté dans cette contrainte qu'on s'imposait au bénéfice de la multitude. Et puis, aurait-il été si juste qu'il ne devînt jamais professeur à cause d'un moment d'égarement qu'on aurait à coup sûr pris pour de la dureté, au mieux pour de l'indifférence et, en tout cas, pour une inaptitude à toute mission pédagogique ? Théo savait bien qu'on ne prendrait pas le risque de confier la jeunesse à des êtres imprévisibles.

*

Dès qu'il eut pénétré dans la cour de la Sorbonne, Théo aperçut Victor, qui l'attendait, assis sur un banc de pierre du côté de l'amphi Descartes. Un maintien guindé et cérémonieux contrastait de façon comique avec le style démodé et presque misérable de sa mise. Depuis bientôt quinze ans, il l'avait toujours vu revêtu de cette blouse grise qui descendait jusqu'aux chevilles et lui donnait l'allure d'un clerc de second ordre affublé de l'aube des prolétaires. Il tenait sous le bras une sorte de carton à dessin qu'il serrait comme s'il avait contenu un trésor ; ce devait être le procès-verbal des délibérations de lissage.

« Bonjour, Victor, et merci d'être comme toujours fidèle au poste.

– Bonjour, monsieur le chargé de cours, dit Victor après s'être levé.

– Ne m'appelez pas ainsi, Victor. Je sais que c'est par déférence, mais je trouve cela un peu ridicule.

– Comment dois-je dire, monsieur Théo ?

– Voilà, comme ça, c'est bien.

– Mais pas très protocolaire. Si un de vos collègues m'entendait, je risquerais un blâme.

– Allez, personne ne nous entend et vous m'avez connu enfant, ou presque.

– C'est vrai, dit Victor, dont le visage s'était éclairé à l'évocation de ces temps lointains, quand vous veniez avec votre oncle Alexandre. Je l'aimais bien. Toujours prêt à rire, mais un vrai passionné. Je l'écoutais depuis le couloir. Ses cours étaient suivis dans un silence religieux. Les étudiants étaient fascinés. Beaucoup venaient pour le spectacle. Il le savait et on le sentait soucieux de ne pas les décevoir. Ce comportement trahissait bien un peu de cabotinage, mais ceux qui veulent être admirés donnent plus d'eux-mêmes que les modestes qui cachent leur médiocrité derrière un voile de rigueur. Le sérieux, qu'on brandit comme un drapeau, permet d'échapper au soupçon d'avoir choisi le service minimum. Le goût de la mise en scène de votre oncle n'était pas sans effet : les étudiants retenaient ses phrases sans effort, comme les spectateurs fredonnent l'air d'opéra qu'ils ont entendu la veille et que le ténor a inscrit dans leur inconscient.

– Ce souci esthétique et pédagogique ne lui a pas réussi, ajouta Théo. On l'a dit fantaisiste, plutôt approximatif dans l'approche de certains auteurs qu'il n'aimait guère et qu'il n'évoquait que par devoir, sans s'être attardé sur leurs écrits. La Sorbonne ne plaisante pas avec l'analyse des grandes pensées. Ici l'originalité est d'abord une erreur, puis elle devient une faute, bientôt une hérésie qu'on montre du doigt comme un sacrilège.

– Je me demande ce qui est le plus important : l'exactitude de l'analyse ou la communication de l'enthousiasme. Je suis ici depuis longtemps ; je me suis habitué aux pensées qu'on y enseigne, même si je ne comprends pas tout. Ce qui est évident pour moi, c'est le bonheur des jeunes. Ce n'est pas compliqué, il suffit de regarder les visages après les cours. J'en vois certains sortir si sombres de l'amphithéâtre, que je jurerais qu'ils vont s'efforcer d'oublier ce qu'ils viennent d'entendre, comme on gomme de sa mémoire le souvenir des moments de tristesse. On apprend bien ce qui vous a séduit, on retient à jamais ce qu'on a aimé. Les idées, c'est comme les êtres, même longtemps après, ceux qu'on a chéris…

– Oui, c'était le bon temps », dit Théo, qui ne savait trop que répondre à la diatribe de Victor.

À peine eut-il prononcé cette phrase passe-partout, Théo se dit qu'elle n'était pas opportune, qu'on pourrait l'interpréter comme une nostalgie renfermant une critique implicite du présent. Il crut effacer son imprudence en ramenant le sujet à son oncle d'un mot péremptoire qui sonnerait la conclusion du sujet :

« Mais sa passion n'a pas plu à tout le monde ! »

Victor fut, contre toute attente, stimulé par l'évocation de cette infortune :

« De la jalousie, monsieur Théo. Rien d'autre. Ceux qui exigent l'austérité, la modération, le ton monocorde – l'ennui, quoi ! – sont souvent incapables de susciter une quelconque passion. Ils ne pardonnent pas à ceux qui en ont le don. Un peu comme on prétend que ceux qui sont beaux ne sauraient avoir d'esprit. Sous prétexte d'interdire la démesure, de faire preuve de responsabilité, les êtres ordinaires ont écarté ceux qui leur étaient supérieurs ; ils ont réussi à marginaliser le talent ; ils triomphent, péniblement, après avoir ringardisé les héros. Votre oncle aurait appelé cela une substitution de valeurs, une inversion des références, une morale d'esclave.

– Brûler le trône sur lequel on ne saurait s'asseoir », murmura Théo comme si la pensée lui avait été soufflée par quelque inconnu. Puis, se reprenant, il ajouta à voix haute : « Vous êtes devenu philosophe, Victor !

– À force d'en entendre de toutes les couleurs, on finit par se laisser séduire, dit Victor sur un ton d'excuse qui ne suffisait pas à dissimuler sa fierté. Qu'est-il devenu, votre oncle ? Est-il retourné à la Catho ? Ici on ne lui pardonnait pas la Catho.

– Il est maintenant en Allemagne, répondit Théo sans relever l'allusion du vieil homme à l'Université catholique. Il a enseigné quelques années aux États-Unis, dans un lieu très chic où l'on cultivait l'esprit européen, sans se rendre compte que la beauté du Vieux Continent relevait de l'archéologie. Il est très vieux maintenant. Il dit qu'il attend, sans qu'on sache si c'est dans la peur ou dans l'espérance.

– Et vous, monsieur Théo, qu'allez-vous faire ? Resterez-vous ici, sagement, en attendant la promotion… ou la disgrâce ?

– Je ne sais pas, Victor. Mais j'ai bien l'impression que vous avez un avis sur le sujet. Si c'est le cas, vous me le devez. Me dissimuler votre pensée serait presque une trahison ; ça ne vous ressemblerait pas.

– Je ne me vois pas vous donner un conseil. Ce serait le monde à l'envers, dit Victor en observant Théo pour voir si celui-ci l'autorisait à poursuivre. Il y a quand même quelque chose que je sais. Avec le temps, des évidences apparaissent, même s'il est trop tard pour qu'on en tire avantage. Tout ce que peuvent faire les anciens, c'est essayer de dire aux jeunes ce qu'ils ont découvert trop tard. Suivez votre instinct, écoutez la voix intérieure qui dit tout, mais que nous nous efforçons d'étouffer. Ne privilégiez pas trop la contrainte. Il faut être sérieux, bien sûr, mais pas au point de se laisser éteindre comme une chandelle qu'on mouche. »

Ils se regardèrent encore un instant, sans rien dire. Victor dissimulait mal un sourire triste, comme s'il savait qu'ils ne se reverraient plus. Puis, brusquement, peut-être pour échapper à une intimité qu'il trouvait presque indécente :

« Au revoir, monsieur le chargé de cours », dit-il avec ostentation en apercevant un professeur qui n'eut pas pour eux le moindre regard.

Il repartit avec le précieux procès-verbal qu'on avait régularisé en parlant d'autre chose, pour éviter peut-être d'y penser. Théo le regarda s'éloigner dans le long couloir, comme il aurait contemplé avec nostalgie la dernière image d'un monde qui allait disparaître.

En descendant la rue de la Sorbonne, Théo aperçut deux de ses étudiants qui venaient en sens inverse. Imaginant qu'ils s'inquiétaient des résultats, il dit en arrivant à leur hauteur : « Les délibérations ne sont pas encore publiques, mais ça ne devrait pas tarder. Vous les auriez eues dans la seconde sur vos ordinateurs et vous venez jusqu'ici, comme en pèlerinage, comme pour mériter la faveur du destin. C'est sympathique. Mais croyez en vous-mêmes. Jusqu'à présent vous n'avez pas eu besoin de protection pour réussir. »

Il le pensait sincèrement. Il estimait de son devoir de signaler à l'occasion la légitimité des prétentions que suppose l'entreprise d'un cursus universitaire. Il était désormais inconcevable de dire à un étudiant qu'il nourrissait de vaines espérances que ses capacités ne lui permettraient pas de réaliser. Seul le silence de l'enseignant valait injonction à se réorienter. Il fallait donc en bonne logique que les éléments brillants bénéficient d'encouragements sans ambiguïté. Ceux qu'il venait de croiser étaient prometteurs et leur comportement modeste semblait signifier qu'ils n'en savaient rien. Depuis des années, on répétait que la qualité intellectuelle – qui aurait osé parler de supériorité ? – n'autorisait ni morgue ni mépris. Théo en convenait, mais il ne pouvait s'empêcher de tenir pour une évidence que l'ostentation de soi, qui parfois tentait les meilleurs, était moins une faute qu'un présent fait à l'humanité.

Ses propos paternels n'appelaient pas de réponse ; il n'avait d'ailleurs pas envie d'engager une conversation. Il fit en s'éloignant un signe de la main aux jeunes gens. Le garçon balbutia un remerciement et la jeune fille manifesta sa gratitude par un joli sourire.

3

Partir

Partir, mais où et comment ? Il y avait bien la maison de famille, sur cette petite île de l'Atlantique où il avait passé toutes ses vacances d'enfant. Il se sentait chez lui là-bas. Son père, aussi loin que remontait sa mémoire, l'avait lui aussi toujours connue. C'était leur terre, leur lieu d'enracinement, le socle où le temps se perdait dans la fusion des générations. Il y avait fait toutes les découvertes de la vie : le désir qu'on prend pour l'amour, l'ivresse qu'on confond avec l'inspiration, l'amitié dont les années font un lien indéfectible, le frisson de la peur en glissant à la voile sur le flot, l'immensité attirante de la mer qu'on garde en soi comme l'expérience de l'infini. L'évocation attendrie de ce lieu magique fut bientôt stoppée par le souvenir amer des nouvelles règles. L'État s'était arrogé le droit de disposer des biens privés, dont il accordait la jouissance – pour une durée heureusement limitée – à ceux qui n'avaient pas la chance d'en posséder de semblables. Il ne restait plus que quelques passéistes pour voir un avantage à être propriétaires. Ce n'était pas un hasard, c'était même le critère révélant un attachement désuet à des notions obsolètes : le souvenir, la lignée, le désir de transmettre, cette fausse éternité qu'on perçoit dans ce qui dure plus longtemps que soi. Théo avait choisi de payer sa dîme sociale durant la première partie de l'été, mais il ne pouvait réprimer un sentiment d'indignation devant ce partage forcé qu'il vivait comme un viol. Là-bas chaque pierre avait une histoire. Il revoyait la photographie de son père, encore bien jeune, aux côtés de son grand-père devant le chantier de la construction de l'aile ouest de la maison, celle qu'il occupait depuis toujours. Comment pouvait-on ne pas comprendre que cette histoire de famille n'appartenait qu'à lui ? Que le séjour-partage, comme on disait, relevait de l'incursion inadmissible d'étrangers dans son intimité ? Si encore il avait pu expliquer aux intrus ce qui faisait la sacralité des lieux, s'il avait pu leur dire l'histoire de la grande marine au-dessus de la cheminée du salon, s'ils avaient pénétré dans le sanctuaire avec déférence, en baissant la tête et la voix comme font les vieilles femmes en entrant dans l'église ! Mais tout contact entre les propriétaires et leurs invités imposés était interdit. Ils ignoraient même, sauf indiscrétion accidentelle, leurs identités respectives; du moins fallait-il faire comme s'il en était ainsi. Les heureux bénéficiaires du partage en nature ne devaient à aucun prix se sentir mal à l'aise ou redevables. Leur reconnaissance pouvait à la rigueur aller à l'État, à l'ordre public, au système, certainement pas à ceux qu'on avait contraints à se démunir en leur faveur. Imaginerait-on un pauvre venir remercier un gros contribuable du soutien social dont la puissance publique l'a gratifié ? Un service municipal gérait les arrivées et les départs de ces occupants particuliers et s'assurait qu'aucune dégradation n'avait été commise. Le même bureau communal se chargeait du ménage et de la parfaite remise en état des lieux. L'idée ne venait à personne que la souillure pouvait être morale et que le propriétaire pouvait haïr l'usurpateur qui se vautrait dans son lit, eût-il été propre comme un sou neuf. Le bonheur ne tient parfois qu'à l'exclusivité, au privilège.

Partir pouvait paraître simple et facile, mais la liberté d'aller et venir remontait à des temps presque oubliés. Tout voyage avait un prix écologique et il fallait réserver ce luxe coûteux à des situations exceptionnelles. Les véhicules individuels étaient peu à peu devenus un luxe inouï et aussi une ostentation de mauvais goût. Seuls les représentants de la puissance publique avaient conservé ce privilège sans que nul s'en émeuve, au seul service bien sûr de leur mission officielle. Les automobiles de jadis, équipées d'un moteur à explosion, étaient devenues des objets de curiosité qu'on ne trouvait plus guère que dans les musées. Quelques particuliers avaient toutefois conservé l'un de ces vieux modèles. L'autorisation leur en était donnée à la condition qu'ils en assument l'entretien, qu'ils ne parcourent chaque année qu'un kilométrage très limité et qu'ils offrent régulièrement l'engin au regard du public, pour l'édification des populations. Théo, après son père, avait gardé dans leur île le coupé allemand du grand-père, qui, malgré son demi-siècle, était encore rutilant. Il témoignait d'un luxe qu'on n'aurait plus osé exhiber. Aux alentours du 15 août, à l'occasion de la fête de la Mer, Théo installait le véhicule sur le parking de la coopérative maritime, où chacun pouvait venir le contempler. Ce qui suscitait le plus la curiosité, c'était le tableau de bord en bois précieux et le cuir dont étaient revêtus les sièges. Cette décoration exhalait un parfum d'interdit, la prestigieuse rareté d'un produit de contrebande. L'usage des bois exotiques était strictement illicite depuis longtemps. Quant au cuir, c'était devenu une matière rare que le respect de la vie animale avait banni de l'usage industriel courant. Le respect de la nature, revendiqué de longue date, avait donné naissance à une accumulation de prohibitions qu'ignoraient les temps anciens. Peu à peu, sans qu'on en eût une claire conscience, le monde animal et végétal avait pris la place d'un dieu autoritaire qui aurait exigé des sacrifices pour neutraliser le pire : la disparition de la planète avait pris la place de l'effroi porté jadis par l'idée de fin du monde. Mais on était bien loin de l'irrationnel des siècles passés ; les peurs du moment étaient portées par une réflexion scientifique respectable, qu'il aurait été scandaleux d'assimiler aux terreurs qui avaient hanté le Moyen Âge. Théo admettait qu'il fallait consentir des efforts et même accepter des frustrations. Il endurait les interdits des temps nouveaux, porté par une conviction sans enthousiasme, comme on s'incline devant la nécessité. Il demeurait toutefois capable de regarder le passé avec bienveillance.

Nul ne semblait surpris par la fête de la Mer, qu'on célébrait chaque année sur toutes les côtes du pays et plus chaleureusement encore dans l'île de Théo. La fête nationale, un mois plus tôt, s'inscrivait dans une tradition séculaire, mais le 15 août… Les plus anciens, surtout ceux de l'Ouest extrême et chrétien, savaient bien que c'était la fête de Marie, la protectrice, celle qui intercédait auprès de Dieu pour protéger les marins en détresse. Pour ceux-là, l'ambiguïté phonétique tombait à pic ; ils célébraient la Mère, discrètement, sans l'ostentation des pardons d'autrefois, mais avec la même ferveur et la même dévotion. À midi on faisait sonner les carillons de tous les clochers, en même temps que retentissaient les sirènes des bateaux et les cris de la foule. Ainsi la clameur de la foi était-elle masquée par le tapage profane. Toute ostentation de religiosité aurait été une faute, une provocation sociale, un mépris affiché de ce que voulait la loi. La religion n'était pas interdite, mais le principe de laïcité avait fini par être entendu restrictivement comme une injonction d'oubli de toutes les confessions. Cette interprétation extrémiste n'avait été démentie par aucune autorité ; la marginalisation des religions protégeait des conflits entre obédiences rivales et laissait à l'État le monopole de la définition du bien. Par prudence, les fidèles cachaient désormais leurs croyances. L'idée ne serait venue à personne de leur reprocher leur adhésion à une Église, mais on paraissait plus normal, plus conforme à l'idée du citoyen modèle, en se présentant comme étranger à la moindre préoccupation métaphysique ; d'autant que beaucoup avaient été élevés en dehors de toute pratique religieuse, qu'ils regardaient avec condescendance, comme des superstitions désuètes et démodées. Faire un signe de croix ou se mettre à genoux aurait paru indécent, presque obscène, en tout cas inspiré par un esprit de provocation, pas très éloigné du geste antisocial. Il y avait bien encore des messes, mais elles étaient célébrées tôt le matin ou à la nuit tombée, si bien qu'elles passaient inaperçues au regard du plus grand nombre et que les cathédrales semblaient n'être plus que les témoignages artistiques de temps lointains gouvernés par l'obscurantisme.

Bercé par ces pensées nostalgiques, Théo avait remonté la rue Racine, longé le théâtre de l'Odéon et pénétré dans le jardin du Luxembourg. Il s'assit sur un banc et composa à la hâte un message pour Léa. « Je pars quelques jours. Je ne sais pas encore où ni comment. Un mot de toi et je reviens immédiatement. Je t'aime. » Il traversa le parc en diagonale, en direction de l'Observatoire, obliqua vers la rue Vavin et poursuivit son chemin jusqu'à la gare Montparnasse.

4

Le guichet de la gare

Il avait fallu réglementer sévèrement le droit au voyage pour éviter que des fantaisistes irresponsables se déplacent sans raison valable. Mais il arrivait qu'un guichetier distrait vende un billet sans poser de questions. Avec une machine, c'était moins facile ; elle n'aurait pas d'état d'âme, pas de faiblesse, et procéderait à tous les contrôles. En entrant dans la salle vitrée qui ressemblait à un grand aquarium, Théo jeta un regard circulaire sur les divers employés en service. Mieux valait éviter les femmes, trop sérieuses, trop soucieuses de ne pas être prises en défaut, trop habitées par un goût du pouvoir qui venait compenser des siècles d'impuissance. Il crut avoir trouvé l'interlocuteur idéal : plus très jeune, l'air fatigué et absent de celui qui n'a pas l'intention de faire du zèle. Si son ticket d'ordre de passage ne l'amenait pas à cette mine sinistre, il laisserait passer la personne derrière lui sous quelque prétexte, pour être sûr d'engager un dialogue constructif avec le spectre épuisé qu'il avait repéré. Le choix était habile ; mais, à peine parvenu devant l'hygiaphone du fantôme, Théo eut la déconvenue de voir celui-ci, vaguement indigné d'être à nouveau sollicité, tirer un rideau occultant qui enjoignait de s'adresser ailleurs. Une jeune femme fit signe à Théo de s'avancer d'un geste autoritaire. Décontenancé, il obtempéra. Il semblait hésiter sur la destination ; elle l'interrogea sans ménagement sur un ton irrité : « Le Mans ou Rennes ? » Il lui parut plus raisonnable d'opter pour la destination la plus proche, comme si cette précision banalisait sa démarche, la rendait anodine et indigne de vérification. La préposée sentit la vulnérabilité de ce prétendant au voyage et y puisa le goût de le réduire à néant.

« Vous avez une carte de circulation ? demanda-t-elle, l'air de rien.

– Non, répondit Théo sur un ton gêné. Je ne l'ai pas sur moi. »

Cette carte était réservée à ceux dont le métier obligeait aux voyages ; ils étaient dispensés d'une justification à chaque déplacement. Théo, universitaire attaché à la Sorbonne comme un chien à sa niche, n'avait jamais possédé un tel sauf-conduit. La femme derrière l'écran de verre l'avait deviné. L'excuse de l'oubli du document était ridicule et révélatrice. Chacun transportait désormais sur son téléphone les sésames de toutes les barrières sociales. Elle lui jeta un rapide regard qui signifiait : « Attends un peu, mon garçon. Tu me prends pour une idiote. Tu vas te retrouver cloué au mur, comme un papillon sur une planche. » Affectant un air naïf, elle ajouta :

« Alors, donnez-moi une pièce d'identité avec votre numéro d'immatriculation nationale. »

Il était désormais clair qu'il n'y avait rien à attendre et que Théo n'obtiendrait aucune compréhension de cette interlocutrice rigide. Il lui parut toutefois indigne de partir en courant, comme un voleur ; d'autant plus que la caméra du guichet l'avait à coup sûr filmé et que la reconnaissance faciale le désignerait en quelques secondes. Mieux valait avoir l'air ahuri que d'avouer une faute en prenant la fuite. Il donna donc sa carte, comme si l'opération avait encore un sens.

« Vous avez un départ pour Nantes, monsieur, le 1er août à 8 h 50, retour le 29 du même mois par le train de 18 h 25 au départ de Nantes. Je ne peux donc vous donner le billet que vous sollicitez, à moins que vous ne renonciez à votre aller-retour pour Nantes ou que vous me produisiez un ordre de mission valant dérogation à l'encadrement des déplacements. Alors ?

– Je renonce à ma demande. Excusez-moi. Oubliez tout.

– J'oublie, monsieur, j'oublie ; enfin, si l'on veut ; mais vous avez tenté de tromper ma vigilance, ce qui n'est guère citoyen ! »

La leçon de morale dispensée par des médiocres exaspérait toujours Théo ; mais il fallait dissimuler cette tentation aristocratique de mépris, dire quelque chose, n'importe quoi, pour donner l'illusion d'accepter le dialogue avec cet être à courte vue pour lequel la règle administrative valait référence morale.

« Vous avez raison, mais il arrive que toutes les places ne soient pas occupées. Alors, qu'un train parte plein ou à moitié vide, ça ne change rien à l'énergie dépensée.

– Et puis quoi encore ! Vous êtes de ceux qui considèrent que le règlement n'est pas fait pour eux. Le resquilleur est un antisocial, monsieur », déclara-t-elle avec l'assurance vindicative que donne la loi à ceux qui, pour s'épargner la fatigue d'une analyse, s'interdisent d'imaginer qu'elle puisse être injuste ou simplement absurde.

Théo se retourna et partit. Il valait mieux qu'elle ne vît pas son regard ; elle aurait pu y lire sa pensée.

Arrivé dans la rue où il avait fui comme un voleur, Théo sentit une puissante oppression s'emparer de son corps. Il était urgent de se reprendre, de quitter cet emploi de victime, de cesser d'admettre par faiblesse qu'on est dans l'erreur. La révolte lui apparaissait tout à coup comme le seul moyen de survie. La force des choses, les vérités dominantes, la morgue des imbéciles ne triompheraient pas de lui. Il avait décidé de partir, sans aucune raison identifiable, simplement parce qu'il sentait qu'il en avait besoin, qu'il ferait mieux face ainsi. Ce diagnostic était peut-être illusoire ; rien ne permettait d'affirmer qu'un éloignement sans but ni raison aurait un effet bénéfique. Mais ce projet était devenu une question de dignité ; y renoncer aurait été une lâcheté, une façon de plier le genou devant la guichetière et la cohorte de certitudes irréfléchies dont elle était l'absurde dépositaire.

5

Le Truck Road Share System

Théo marchait en pressant le pas, comme s'il avait dû fuir, comme s'il était poursuivi et qu'il dût bientôt rendre compte de son comportement incivique au guichet de la gare. Son goût de la perfection, sa posture de bon élève le rendaient vulnérable à toutes les agressions. Il avait tellement œuvré pour obtenir une approbation générale que la moindre critique avait pour lui le sens d'un désaveu, l'amertume de l'échec. D'autant que son esprit d'analyse, toujours en marche, débusquait souvent une esquisse de légitimité dans le procès qu'on lui intentait. Peut-être était-il né coupable, irrémédiablement coupable ? Un sursaut de révolte l'anima tout à coup. Il avait beau regarder avec mépris la leçon de morale de la guichetière autant que l'interdit qui paralysait les voyages, sa fuite et la sorte de peur qui lui collait à l'âme n'étaient pas autre chose qu'un comportement de soumission, qu'une sorte de honte accompagnant la faute. Il fallait rapidement porter remède à cet injuste remords.

Théo entra dans le premier café, prit place à la seule table disponible de la terrasse et regarda droit devant lui, comme un homme libre qui n'aurait craint ni de voir, ni d'être vu. Tout à côté de lui, deux hommes conversaient avec vivacité. Il crut d'abord à une querelle, avant de comprendre, en tendant l'oreille, que la discussion était animée mais cordiale.

« Tu dis que tu n'es pas content de ton sort, mais tu ne veux rien faire pour l'améliorer. On ne voit pas pourquoi ta hiérarchie serait sensible à tes soucis d'argent. Ne rêve pas, tu n'obtiendras aucune augmentation.

– Tu veux dire que tout est fichu et que je n'ai rien à espérer ?

– De ce côté-là, oui ; mais j'ai peut-être une solution pour toi. »

L'autre ne répondit pas, fixant son interlocuteur avec un regard incrédule.

« Tu as entendu parler du Truck Road Share System ? Non ? C'est une invention des Américains. À l'origine, c'est un banal procédé de covoiturage des chauffeurs routiers. Comme on leur refusait toute amélioration de salaire, ils ont commencé à transporter des voyageurs moyennant finance. Les vastes cabines de leurs camions permettaient d'en accueillir trois ou quatre. Bien sûr, il fallait que les prix puissent faire concurrence aux transports officiels, ce qui n'était pas difficile pour le chauffeur qui encaissait la course sans exposer le moindre frais.

– Et les patrons ont laissé faire sans protester ? J'ai du mal à le croire.

– Tu as tort. Ça arrangeait tout le monde. Les patrons ne déboursaient rien, les chauffeurs arrondissaient confortablement leur ordinaire et les syndicats pouvaient prétendre avoir arraché un nouvel avantage pour leurs affiliés.

– C'est très bien, ton histoire, mais nous sommes en France et je ne suis pas camionneur.

– Tu manques d'imagination, mon ami. Au-delà des professionnels de la route, tout le monde du travail s'est rapidement intéressé à l'idée nouvelle. Il s'agissait de laisser à chacun la liberté de greffer sur son activité principale une source de revenus marginale, à condition qu'elle ne vienne pas gêner la mission première. Plus de revendications salariales, niveau de vie des travailleurs amélioré sans bourse délier : le patronat et l'État ont applaudi ; ils y voyaient le secret de la paix sociale. En haut lieu, on préfère le débrouillard qui ne pose pas de problème au légaliste qui sème le trouble. C'est d'ailleurs une absurdité, car le petit malin qui s'autonomise est une menace plus forte pour le pouvoir que le braillard revendicatif qui signe une forme de soumission au système.

– Je veux bien. Tout cela, c'est une histoire américaine ; là-bas le libéralisme est roi, mais ici on aime bien organiser, interdire, au mieux encadrer.

– Tu as raison, du moins dans une certaine mesure. L'histoire américaine, comme tu dis, a traversé l'Atlantique depuis déjà un certain temps. Le modèle s'est glissé dans nos mœurs européennes. Chez nous, comme là-bas, on a regardé ces gagne-petit avec condescendance, puis l'État a pris conscience de la perte fiscale que représentait cette économie parallèle, mais il était trop tard pour rattraper le coup. On ne revient pas sur une liberté, même concédée par erreur. Tu ne trouves pas ça drôle que l'autorité ait installé une économie parallèle qui échappe à son contrôle ?

– Si, c'est assez cocasse. Pardonne-moi de ne penser qu'à moi, mais je ne vois pas en quoi ton histoire américaine, même après importation, pourrait arranger mes affaires, surtout que je suis fonctionnaire.

– Parce que tu crois que les fonctionnaires n'ont pas vu l'avantage qu'ils pourraient tirer de ce modèle ? Au début, c'est vrai, ils ont joué la partition du service public et du désintéressement. Mais quand ils ont vu que, dans le privé, le système se répandait comme une traînée de poudre, les grands principes ont commencé à faiblir. Le premier cas connu a été celui d'un facteur qui, avec le courrier, apportait leurs achats en ville à de vieilles personnes pour qui les déplacements étaient pénibles. C'est vrai qu'on a très vite eu du mal à distinguer le travail principal du petit boulot accessoire et surtout à séparer le bon grain de l'ivraie, je veux dire le tolérable de l'inadmissible. On avait dit que les services supplémentaires que rendait le facteur étaient un passage obligé pour qui voulait recevoir à temps son courrier ou ses achats en ligne. On n'était pas loin de la pression, du chantage, bref de la faute pénale.

– Et c'est cette voie délictueuse que tu me conseilles ! Je te remercie de la suggestion. Tu veux m'envoyer en prison. C'est beau, les amis !

– Ne sois pas si craintif ! La justice, un peu embarrassée, n'a jamais poursuivi personne. On a créé le Comité d'études des compléments de rémunération, plus connu sous le nom de Codecor, qui s'est chargé d'analyser les situations et de saisir le parquet des plus contestables. Mais personne n'a jamais été condamné. Nous sommes dans la zone de l'occulte. Par définition, on ne sait pas ce qu'il s'y passe. Surtout que le citoyen qui accepte de donner un pourboire pour bénéficier d'un avantage ne se précipite pas pour le répéter.

– Tout de même, cette idée d'un complément de rémunération me choque. C'est un peu comme si je faisais payer à un individu un service pour lequel l'État me paie déjà.

– Oui, tu peux voir les choses de cette façon. Mais le professeur donne des cours particuliers qui rendent bien service aux élèves. Les hauts fonctionnaires enseignent ici ou là pour une rémunération complémentaire. On admet le pantouflage, qui consiste à quitter la fonction publique pour aller travailler dans le privé. L'idée pour toi serait de faire les deux en même temps.

– Mais comment ? Je suis flic, je me dois à ma mission de protection de la paix publique et à rien d'autre.

– C'est vrai, mais si tu protèges en dehors de tes heures de travail, si tu fais un détour par le domicile d'un client quand tu patrouilles pour le bien du pays, qui trahiras-tu ? Tu serviras toujours la paix publique, mais en partie pour ton compte.

– Je ne suis pas sûr que beaucoup de mes collègues admettraient cette formule.

– Sans doute parce qu'ils voient un équilibre satisfaisant entre un niveau de vie moyen et un effort limité.

– Vu comme cela, bien sûr... »

Après le départ des deux hommes, dont il n'avait pas pu ne pas suivre la conversation, Théo se remémora l'histoire récente des mouvements sociaux dont il venait d'être question. Le TRSS était devenu le drapeau des protestataires, l'incarnation inattendue d'un concept oublié : la cause du peuple. Dans cette distribution des rôles et des idéologies, le Codecor incarnait la face sombre d'un État sans parole, qui n'admettait l'enrichissement des pauvres qu'à la condition qu'il soit négligeable. On était TRSS ou Codecor ; on disait aussi « néo » pour désigner l'économie parallèle comme ses partisans. C'était la ligne de partage des opinions et des groupes sociaux. Sur ces concepts antagonistes s'appuyaient les discours politiques des bistrots, où l'on affichait sa fierté d'avoir découvert une nouvelle conception du rapport du citoyen au monde. Était-ce pour autant une matière politique, un nouveau champ d'affrontement entre le pouvoir et le peuple ? Il était difficile de répondre à cette question. Le clivage était vécu comme une étiquette sociale plutôt que comme la frontière qui aurait séparé des camps ennemis. Les partisans du TRSS affichaient leurs convictions comme un étendard, comme un signe d'appartenance. Les couches populaires depuis toujours se reconnaissent, identifient leurs semblables et ceux qui sont d'un autre bois. Selon les moments de l'histoire, cette distinction s'ouvre sur la cohabitation paisible de deux communautés qui s'ignorent ou sur la haine de l'autre qui conduit à un conflit sanglant. Depuis longtemps déjà on ne trouvait plus d'excuse à la violence, dont l'explosion était devenue improbable. Le peuple se contentait d'afficher bruyamment son identité en brandissant le TRSS comme un symbole glorieux de son imagination débrouillarde et de sa fierté.

Nul ne songeait à s'étonner de l'engouement des prolétaires pour cette forme nouvelle de libéralisme. Quel étrange renversement des choses, se dit Théo. Depuis deux siècles, les plus pauvres défendent l'idée d'un État fort, régulateur des richesses, dispensateur d'égalité. Maintenant les plus modestes soutiennent l'absence de tout contrôle, la primauté du profit, l'allégement fiscal, la dérégulation, en un mot tout ce qui séduisait hier les patrons... Cette ironie de l'histoire donna un peu de joie à Théo. Il se disait qu'on ne changeait pas facilement l'esprit d'une nation. Les Français ont besoin de trouver un prétexte pour montrer qu'ils existent, un sujet de protestation qui les fasse un peu craindre, un positionnement provocateur qui soit le drapeau de leur dignité. Il faut laisser au peuple le sentiment de sa puissance ! C'est une précaution utile ; elle le dispense de prouver brutalement qu'il est le maître.

Des pratiques étranges s'étaient installées sans que quiconque s'en émeuve : le passeport était délivré dans un délai que déterminait la petite enveloppe qu'avait glissée le demandeur à l'employé municipal ; le permis de construire, qu'on pouvait attendre pendant des mois, revenait dans la semaine quand le maire avait été convaincu de l'intérêt social du projet par la générosité du requérant. On avait même parlé – mais ce devait être une calomnie – du règlement favorable d'un très ancien contentieux fiscal, tout à coup débloqué par le recours au complément de rémunération d'un haut fonctionnaire. On était passé, sans s'en apercevoir, de la molle inefficacité vertueuse à la réactivité énergique et corrompue.

6

L'évasion

Théo avait, sans y penser, repris le chemin de son domicile, comme un animal domestique s'émancipe dans la nature avant de revenir au bercail par une sorte de prudence automatique. En descendant la rue Saint-Jacques, il aperçut de loin la vitrine du Vieux Campeur. Il esquissa un sourire et poursuivit sa route jusqu'à la boutique. Il entra, eut l'air de flâner, comme s'il ne savait pas ce qu'il cherchait, et finit par demander où il pourrait trouver un chapeau. Un vendeur se fit une joie de prendre en main sa quête hésitante et, oubliant le couvre-chef, commença à tenter de susciter son intérêt pour divers matériels dont il n'avait que faire. Théo, dont l'esprit s'attardait encore dans le TRSS, dit presque sérieusement au bonimenteur : « Je vous propose un accord : vous aurez un témoignage de ma reconnaissance, si vous me trouvez le chapeau dont j'ai besoin et que vous cessez immédiatement de me parler d'autre chose. » L'autre le regarda, visiblement surpris et incapable de savoir si le propos était une menace ou une promesse. De son côté, Théo regrettait déjà de s'être engagé sur une voie injuste. Rémunérer un importun pour qu'il cesse de l'être était une sorte de reconnaissance du chantage, promu tout à coup au rang d'activité ordinaire. C'était aussi un mépris implicite envers celui qui aurait eu l'honnête simplicité de répondre à sa demande ; à celui-là il n'aurait probablement proposé aucun remerciement. Décidément, l'esprit du TRSS était moralement contestable ; ce système favorisait les fâcheux, les incompétents, voire les persécuteurs, et laissait sur le bord du chemin ceux qui accomplissaient discrètement leur mission. Les braves gens sont souvent transparents ; nul ne songe à les récompenser de leur fidélité discrète et quotidienne au devoir, qu'on considère comme banale et due.

Quelques minutes plus tard, Théo sortait du magasin, après avoir enfoui son nouveau chapeau de brousse dans le sac à dos où il avait glissé de quoi partir quelques jours. Engagé par la proposition qu'il avait lui-même faite au baratineur qui l'accompagnait jusqu'à la porte, il lui glissa, partagé entre la honte et le respect de la parole donnée, le plus petit billet qu'il put trouver. Auparavant il lui avait demandé un morceau de carton, que l'autre était allé chercher dans la réserve, en se disant qu'il y avait des clients bizarres. De son côté, Théo s'absolvait de la dîme honteuse payée au vendeur, en se persuadant qu'il ne l'avait gratifié que pour le service complémentaire qu'il lui avait rendu.

Il se dirigea vers l'arrêt de bus avec un entrain dont il n'aurait pas osé rêver quelques minutes plus tôt. Maintenant il savait ce qu'il devait faire, quelle méthode il allait mettre en œuvre; il s'était en quelque sorte réapproprié sa vie. Un espoir nouveau avait inscrit une lumière sur son visage et c'est presque avec un sourire qu'il descendit du bus pour monter dans le tram. La longue voiture était presque vide. Il sortit le carton du Vieux Campeur et écrivit au feutre, en lettres bien épaisses : TRSS, OUEST. Il descendit porte de Gentilly et prit lentement à pied la direction de l'embranchement qui desservait l'autoroute, tout en se couvrant du chapeau de brousse, dont il ajusta la jugulaire. L'endroit était parsemé d'abris de fortune où vivaient des individus d'allure patibulaire que des caméras tenaient très certainement sous surveillance permanente. Grâce au chapeau, espérait-il, on ne verrait pas son visage et son départ coupable de Paris passerait inaperçu.

Un feu tricolore régulait l'accès à l'autoroute. Cette disposition donnerait aux chauffeurs de camion le temps de lire sa pancarte et de lui proposer peut-être d'embarquer. Un premier véhicule, rutilant et conduit par un chauffeur en cravate, poursuivit son chemin sans que la moindre attention lui soit prêtée. Le second, plus rustique, était piloté par un chauffeur noir dont les cheveux, coupés ras, se confondaient avec la barbe. L'homme avait une allure soignée qui contrastait avec l'aspect délabré de son véhicule.

« Monte, dit-il, à la fois complice et dominateur. Vite, profite du feu rouge ; je n'ai pas le droit de m'arrêter.

– Merci, dit Théo, en même temps qu'il sautait sur le marchepied et s'installait dans la cabine.

– Tu vas où ?

– À vrai dire, je n'en sais rien.

– Ça, c'est marrant ; mais ça facilite les choses. Où que j'aille, tu seras content. Soyons clairs : vingt balles où que tu descendes. Quand on s'est quittés, on ne se connaît plus, on s'est jamais vus. C'est ma TRASS à moi. Si t'es pas OK, tu sautes ; mais t'en fais pas, je ralentirai, dit-il en riant.

– Tu dis TRASS, remarqua Théo un peu surpris.

– Oui, mon gars, à l'anglaise. Si je comprends bien, tu acceptes mes conditions », dit le routier sur le ton du constat plutôt que du questionnement.

Théo savourait le plaisir d'être en route, d'avoir échappé à l'interdit, pris sa revanche sur la guichetière et sur tout le reste. L'autre aurait pu lui dire n'importe quoi, il l'aurait regardé avec reconnaissance, presque avec affection ; il était le visage de sa liberté retrouvée.

« Dis donc, tu fais pas très néo. Je me suis tout de suite dit qu'il y avait un truc pas clair, quand je t'ai vu avec ta pancarte. C'est peut-être même pour ça que je t'ai pris, pour savoir. »

Théo ne mesurait pas qu'en laissant la curiosité de son compagnon sans réponse il rendait ses interrogations plus lancinantes.

« Non mais, c'est vrai, les petites pompes bateau bien propres, le pantalon clair bien repassé, la chemise blanche et le joli blouson bleu marine, tu fais bourge, mon gars, pas TRASS pour un rond. »

Théo sourit en entendant cette description de lui-même. Il n'y avait rien à redire à ce portrait. Il se percevait tout à coup comme une caricature.

« Y a que le grand bada avec le lacet autour du cou, façon baroudeur de parc animalier, qui fait bizarre. Dis-moi la vérité, tu l'as mis pour te planquer, pour échapper aux caméras ? T'es un fuyard ?

– Dans une certaine mesure, acquiesça Théo.

– Faut être réglo, mec ! Si t'as piqué dans la caisse, ça me fait plutôt rigoler, mais si t'as flingué une frangine, là je suis plus d'accord. Y a des choses qui se font pas ; on fait plus équipe. Ce serait moche de ta part d'entraîner un brave type dans une affaire qui pue. »

Théo sentit que le vent tournait. Il fallait rassurer le chauffeur ; il lui devait bien une petite attention. Ce camionneur était sympathique ; le moins était de lui rendre le sentiment de sécurité d'où procédait sa truculence.

« T'en fais pas. Je n'ai rien fait de répréhensible, à part peut-être quelques mauvaises idées, mais, ça, personne ne le sait. En fait, j'avais envie de prendre l'air, de filer à l'anglaise, sans vraie raison. Tu sais bien que ce genre de fantaisie n'est pas très à la mode. Alors, c'est vrai, j'ai mis le chapeau pour pas qu'on me reconnaisse.

– D'accord. Je vois. T'es plutôt un rebelle, un réfractaire, comme ils disent. C'est pour ça que tu aimes la TRASS. Mais les petits boulots parallèles, le billet qui améliore l'ordinaire, c'est pas ton truc !

– Je crois que tu as tout compris, dit Théo, même si j'ai l'impression que c'est un peu plus compliqué…

– À propos de petit billet, chez moi c'est comme chez les filles, on paye d'avance… »

Un grand sourire montrait que le chauffeur avait repris confiance. Théo paya en étouffant un rire et, pour couper court à cet échange aimable mais stérile, il ajouta :

« Si ça ne te fait rien, je vais peut-être m'assoupir un peu.

– Je te réveille quand ?

– Quand tu veux. Ça n'a pas d'importance. Avant de mettre le camion au garage ! »

Théo en fermant les yeux voulait se protéger du paysage, même si depuis l'autoroute on ne pouvait que le deviner. Il connaissait bien cet urbanisme désespérant dont l'uniformité expliquait la tristesse ; il avait dû y faire un stage avant d'entreprendre des études supérieures. On estimait nécessaire que les jeunes privilégiés expérimentent ce qu'était la vraie France. Il avait alors découvert qu'il existait des lieux où ne demeurait aucun signe des temps anciens, pas le moindre détail qui soit la trace mystérieuse et charmante d'une histoire inconnue. Ces endroits ont la froideur de la mort ; ni le passé ni l'avenir n'y ont droit de cité ; chacun sent, comme une évidence, que le rêve y est interdit et que la jouissance immédiate est le seul objet que puisse se donner l'espoir.

Longtemps la banlieue avait conduit sournoisement les hommes à la dépression ou à la violence. Il semblait qu'il n'y eût rien à faire pour conjurer ce maléfice. La population n'avait cessé de croître et les faubourgs s'étaient largement agrandis. On s'en félicitait, comme si cette densification humaine était un avantage, une richesse nouvelle, la promesse d'un bien-être inespéré. Depuis que le pays comptait plus de 100 millions d'habitants, agglutinés autour d'une dizaine de grandes villes, la périphérie s'était étendue à n'en plus finir.

Les plus pauvres étaient toujours les plus éloignés du centre, les plus proches de la circonférence du cercle. Ils ne se rendaient pas compte qu'ils étaient aussi les voisins de la vraie nature, dont ils ne connaissaient plus le prix, et de la liberté qu'ils avaient oubliée. Au début on avait fait des efforts pour leur faciliter la fréquentation du cœur des cités. De multiples réseaux de transport avaient été installés qui convergeaient tous vers la vraie ville. Longtemps les centres avaient attiré les hommes comme des aimants. Une sorte d'avidité conduisait les uns et les autres à rechercher la moindre trace du passé, à vouloir s'emparer de l'esprit qu'on croyait enfermé dans les vestiges. La fascination des lieux de pouvoir avait joué un rôle dans cet attrait des cœurs de ville. On se sentait important en respirant le même air que ceux qui détenaient le droit de décider pour tous. Les puissants habitaient depuis toujours des demeures somptueuses. Une fois par an, le peuple était admis à visiter ces résidences d'exception dont on disait, sans rire, qu'elles lui appartenaient. Longtemps il s'y était précipité, supportant même de faire la queue pendant des heures avant d'arriver dans le lieu de légende. Puis l'indifférence avait fini par s'installer. L'anonymat des chefs avait ôté aux palais tout prestige, tout intérêt, toute force attractive. Le pouvoir s'était dissous dans une sorte de globalité indistincte interdisant tout éclat individuel. On ne cherche à se rapprocher d'un mythe que s'il a un visage, que si son existence ressemble au moins un peu à celle d'un homme ordinaire, miraculeusement transfiguré en dieu de l'Olympe. Cette étonnante mutation d'un alter ego en démiurge avait longtemps renfermé la promesse d'un avenir prometteur et donné à chacun de quoi nourrir ses rêves. Puis la lassitude était venue ; il était clair qu'on ne gagnait rien à se rapprocher de l'histoire, figée dans sa splendeur désuète et indifférente aux préoccupations des vivants qu'elle ignorait avec hauteur.

Ainsi avait disparu l'engouement pour le cœur des villes. C'était trop loin, trop long à atteindre, trop cher aussi. Les périphériens avaient fini par comprendre que la ville ancestrale ne recelait rien qui pût porter leurs rêves ou satisfaire leurs désirs. Il y avait bien eu une période d'adaptation avant que ne s'installe ce sage désintérêt. Durant cette phase intermédiaire, les plus modérés revenaient déçus et frustrés de leur visite au centre historique et se promettaient de ne plus se laisser séduire par de stupides chimères. D'autres, plus agressifs, prenaient ombrage d'un privilège qui ne les concernerait jamais et rapportaient de leurs incursions en ville une impression pénible d'amertume et de ressentiment. Plus rares étaient ceux qui, convaincus de réparer une injustice sociale, se laissaient aller à la vengeance en commettant des vols ou des actes de vandalisme. On s'efforçait de dissimuler leurs forfaits au plus grand nombre et on les condamnait rarement pour ne pas alimenter une haine de classe qui aurait pu dégénérer en guerre civile.

Les choses étaient claires : il valait mieux que chacun vive chez soi.

*

« T'as l'air ahuri, mec. Tu dors encore les yeux ouverts ou quoi ?

– Non, mais ça surprend, la verdure à perte de vue, quelques vieilles maisons, des animaux, un monde paisible et sans âge...

– Je vois. Monsieur est poète. Te plains pas. T'es passé de la ville-musée à la campagne. T'es un veinard.

– On est où ?

– On arrive au Mans. Moi, je m'arrêterai dans la zone industrielle. Tu sais où tu vas maintenant ?

– Le Mans ? C'est bien, Le Mans.

– Tu es sûr d'avoir quelque chose à faire dans ce bled ?

– Non, mais je vais en faire mon but, ma destination. Tu auras été l'envoyé du hasard, celui qui montre la direction qu'il faut suivre. Il y a des lieux qui s'ouvrent sur autre chose que ce qu'ils sont. Il faut avoir la modestie de s'abandonner à la Providence, surtout quand on n'a aucune raison de décider à sa place.

– Très bien, monseigneur. Je n'y comprends rien, mais ça me plaît que tu saches où aller. »

7

Le juge

La zone industrielle s'étalait dans une sorte de demi-désert, deux ou trois kilomètres avant la périphérie. Dès qu'il eut mis pied à terre, Théo se demanda ce que Léa penserait en le voyant ainsi parachuté au milieu de nulle part. Cette interrogation le conduisit au constat de la crainte qu'il avait de son jugement. Était-il concevable qu'il aimât cette femme et qu'elle lui fît un peu peur ? Ce sentiment étrange ne venait-il que de l'angoisse qu'elle découvre la face médiocre de son personnage, sa faiblesse, son incapacité à affronter le monde, à savoir où il voulait aller ?

Le soleil n'allait pas tarder à décliner. Il fallait trouver où passer la nuit. Théo se mit en marche en direction de la périphérie, dont on découvrait au loin les contours. Ces faubourgs étaient partout si semblables qu'il en devinait la composition rien qu'en apercevant des formes encore peu identifiables. Il était en chemin vers un lieu inconnu dont il savait pourtant par avance à quoi il ressemblerait. Le contraire eût été un scandale, une émancipation immorale, une singularité coupable. Il était évident qu'aucun responsable local ne se serait risqué à trahir le modèle en autorisant des constructions originales qui auraient pu mettre en péril le bonheur du plus grand nombre.

À intervalles réguliers, entre les mêmes alignements d'immeubles identiques, apparaissaient de vastes constructions circulaires où s'entassaient d'immenses magasins de produits primaires, quelques boutiques qui prétendaient au luxe et aussi des centres de divertissement qui tenaient du café, de la salle de jeux et du lieu de spectacles. C'étaient les Clovicom, les Centres de loisirs et de vie communautaire. Il n'y avait plus de cinémas depuis longtemps. On regardait des films chez soi ou dans le home collectif de l'immeuble. La qualité technique y était parfaite. Pourquoi se serait-on infligé des déplacements inutiles et coûteux ? Là était le secret de la cohésion sociale : chacun savait qu'il ne trouverait nulle part une vie meilleure que celle qu'il avait à portée de la main. On avait réussi à démythifier l'ailleurs, à maîtriser le déséquilibre inquiétant qu'apporte le rêve, à faire comprendre à chacun que le bonheur était là, qu'il suffisait de s'en emparer, d'en jouir paisiblement, sans fantasmer sur ce qui n'existait pas.

Autour des Clovicom s'élevaient les Batri, les Bâtiments de travail individualisé, centres de co-working où la surveillance électronique tenait lieu d'encadrement. La plupart du temps, le voisin de travail apportait son concours à un ouvrage qui vous était étranger, à une entreprise plus inconnue encore que celle dont on était l'employé. On disait que beaucoup de travailleurs étaient affectés à des tâches fictives dont le seul intérêt était de les occuper. Mais il était impossible de distinguer ceux auxquels on faisait jouer un rôle de ceux qui apportaient une réelle plus-value économique. Tous d'ailleurs percevaient le même salaire sans qu'il soit possible de dire qui le recevait comme une aumône et qui l'empochait au titre d'une vraie contrepartie. Ce misérable mystère n'excitait la curiosité de personne. Il aurait été absurde et malsain de chercher à classer les travailleurs selon leur utilité sociale. Le salaire servait à survivre et chacun pouvait prétendre au même droit à l'existence.

La proximité physique était sans rapport avec une unité d'action. On vivait dans la juxtaposition, sans besoin d'une quelconque finalité commune. Seule l'appartenance à un espace partagé faisait la fraternité. Le camarade qui faisait oublier la solitude, l'ancien auquel on pouvait demander conseil, l'être sur lequel allaient se cristalliser les désirs étaient toujours proches, toujours accessibles. On se sentait à l'aise dans cet univers familier et bienveillant. Ainsi s'était développé un esprit de clocher sans église, un sentiment d'appartenance à une communauté qui faisait regarder l'étranger comme un suspect, comme un intrus, comme une menace. Cette défiance n'était pas sans raison. À moins qu'il n'ait eu un motif précis pour être là, le nouveau venu ne pouvait être qu'inquiétant. Il savait qu'il ne trouverait rien qu'il n'ait à disposition chez lui, si bien que la raison de sa présence ne pouvait être que malsaine, inavouable. Une implacable logique rendait légitimes la crainte et l'hostilité que suscitait cette présence saugrenue.

Théo avait beau allonger le pas, le centre demeurait invisible. On eût dit qu'il était hors de portée, qu'il était un leurre, une folle illusion. Pourquoi fallait-il d'ailleurs atteindre le cœur de la cité ? Quelle assurance pouvait bien avoir Théo d'y trouver un endroit où dormir ? Le doute montait en lui. Cette fuite de Paris avait-elle un sens ? Avait-il été si judicieux de laisser Léa s'écarter de lui ? N'avait-elle pas pris pour de l'indifférence la respectueuse docilité avec laquelle il avait accueilli son besoin d'être seule ? N'était-il pas en train de s'enfoncer dans l'absurde ? Il fut bientôt sauvé de ces interrogations lancinantes par la vue d'un véhicule qui, après l'avoir doublé, s'arrêta cent mètres plus loin. C'était une grosse berline noire comme celles des administrations. Une silhouette sortit bientôt de la portière arrière droite. Un homme jeune, blond et de petite taille se dirigea vers Théo.

« Bonjour, professeur. Je n'étais pas certain de vous avoir reconnu. Il faut dire que les chances étaient minces pour que je vous retrouve en routard. Mais je n'oublie jamais un visage.

– Bonjour, dit Théo sur le ton gêné de celui qui n'identifiait pas son interlocuteur.

– Je suis le juge Martineau. Je comprends que vous ne me reconnaissiez pas. Nous n'avons fait que nous apercevoir… il y a presque dix ans. J'arrivais de mon Alsace natale pour intégrer une hypokhâgne à Henri-IV. Nous étions un petit groupe et vous nous avez montré quelques endroits prestigieux de la capitale. Vous donniez l'impression d'avoir un lien personnel avec ces berceaux de l'intelligence que vous nous désigniez. C'était sympathique ; vous nous introduisiez auprès des grands anciens. J'ai gardé de cette visite un souvenir confus, mais fort. Cette image exemplaire du passé m'accompagne encore, comme la représentation du devoir, comme un défi. Cela m'a beaucoup aidé. J'ai envers vous une dette de reconnaissance. »

Au début de sa carrière d'enseignant, on avait demandé à Théo d'encadrer des jeunes auxquels il montrait les bâtiments où avaient étudié et vécu quelques figures de l'histoire nationale. Il commentait les parcours d'excellence et voyait s'allumer les regards lorsqu'il conduisait son groupe à l'École normale supérieure ou à Polytechnique, parfois aussi au Panthéon. Au fil des années, la fascination qu'exerçaient ces hauts lieux du savoir et de l'héroïsme de la pensée s'était estompée. On ne l'écoutait plus qu'avec indifférence évoquer les destins forgés derrière ces murs. Les êtres d'exception, qu'il citait en exemples à son auditoire, appartenaient à un passé révolu et leur éclatante renommée était maintenant trop lointaine pour que les jeunes gens y voient le modèle de leur propre accomplissement. Le culte rendu à la modestie frappait désormais d'interdit la folle explosion romantique de soi. Céder à cet égotisme du passé aurait eu le sens nauséabond d'une apologie de la domination. Attendre de la vie l'ivresse de la démesure révélait un esprit malsain et antisocial. La vertu tenait tout entière dans la modération de l'effort et dans l'étouffement des ambitions. Théo avait dû se soumettre à la norme nouvelle ; il n'emmenait plus personne sur les sentiers de la renommée. Pendant longtemps avaient régné l'esprit de dépassement, l'ambition d'« être Chateaubriand ou rien » ; puis Chateaubriand avait été oublié, sans que rien ni personne le remplace, et le désir de gloire s'était effacé des consciences.

« Professeur, me feriez-vous le plaisir de partager ma voiture de service ? Je ne sais pas où vous allez, mais la soirée s'avance et, si vous vous rendez en ville, vous n'êtes pas au bout de vos peines. »

Théo s'empressa d'accepter la proposition et se retrouva installé à côté du magistrat.

« Racontez-moi comment on passe d'Henri-IV au palais de justice », demanda-t-il poliment à celui qui venait de le tirer d'un embarras imprévu.

Le juge ne se fit pas prier pour raconter les méandres de son parcours personnel. Tandis qu'il égrenait les étapes de sa vie, Théo songeait à l'extraordinaire aura dont était revêtue la magistrature et au probable goût du pouvoir qui devait y conduire.

Les juges préparaient la loi que le gouvernement transmettait au Parlement pour homologation. Ce parcours était accompli au nom d'une vieille tradition, qu'on respectait comme un rituel dont l'origine et le sens avaient été oubliés. Mais une sorte de superstition interdisait qu'on renonce à cette liturgie. L'obligation de suivre le protocole législatif était inscrite dans les esprits ; on s'inclinait devant ce devoir comme on respecte, sans trop savoir pourquoi, une étiquette désuète encore revêtue d'une mystérieuse autorité.

Au début, le gouvernement avait voulu retoucher les projets des juges et les élus de la nation s'étaient crus légitimes à réécrire, voire à rejeter les propositions qu'on leur présentait. Ces fanfaronnades avaient vite cessé. Les parlementaires n'étaient pas toujours au-dessus de tout soupçon. Il leur était depuis longtemps interdit d'exercer une quelconque activité rémunérée. On évitait ainsi les conflits d'intérêts et on contraignait habilement les élus à ne se préoccuper que du bien public. On avait aussi décidé de ne leur octroyer qu'une indemnité modeste pour ne pas attirer de vocations où la cupidité aurait eu sa place. Seuls les vertueux étaient légitimes à prendre place sur les bancs des hémicycles. Ils avaient toutefois été nombreux à considérer l'interdit de tout travail secondaire avec légèreté et à rendre, ici ou là, des services, le plus souvent anodins, qu'ils facturaient sans vergogne, comme ils l'auraient fait dans la boutique où ils avaient passé la plus grande partie de leur vie.

Les élus du début du siècle s'étaient laissé surprendre ; ils n'avaient pas vu venir la déchéance de l'aristocratie politique, marquée à la culotte par une justice implacable. Au début, on avait crié au scandale, à la république des juges, à la politisation des prétoires. Puis il avait bien fallu admettre que le pouvoir judiciaire ne faisait qu'appliquer les lois qu'avaient votées ceux qui se plaignaient maintenant d'en être les victimes. Il y avait quelque chose de comique dans ce retournement de situation : le législateur, donneur de leçons solennel, inscrivait dans le droit positif de rigoureux principes dont il était stupéfait qu'on use pour le broyer. Le malentendu n'avait duré que quelques années. Sans tarder, les intellectuels avaient fui les mandats électifs, dont ils avaient clairement perçu le danger. Ils n'étaient pas assez stupides pour s'offrir en sacrifice aux foudres de la justice. Quand la reconnaissance, la considération, les honneurs n'accompagnent plus une fonction, il ne faut pas longtemps pour qu'elle n'attire plus que les imbéciles. On recrutait maintenant les élus dans une classe moyenne et peu cultivée, qui croyait accéder à la promotion sociale en ceignant une écharpe tricolore. On riait de la naïveté de ces hommes nouveaux et on attendait leur chute, avec un amusement ironique et cruel, comme le K-O annoncé d'un match de boxe opposant un colosse à un gringalet.

Beaucoup parmi les élus avaient toujours dû travailler pour vivre. Comment auraient-ils pu intégrer l'idée qu'un travail honnête, effectué le plus souvent sur un temps de loisir, allait être le socle d'un reproche pénal ? Ils n'avaient commencé à mesurer le sérieux de la prohibition que lorsque certains d'entre eux avaient été jetés en prison pour mercantilisme et avidité. C'étaient les délits à la mode. Le nouveau piège légal ainsi tendu n'impliquait pas que l'homme public ait voulu monnayer un acte de sa fonction. Le seul besoin d'un complément à son indemnité officielle mettait en lumière son appétence pour l'argent. On reconnaissait là les signes annonciateurs d'une vulnérabilité inquiétante, encore anodine, mais qui ne tarderait pas à devenir criminelle. Le vrai progrès de la justice répressive tenait à sa capacité d'identifier et de punir non seulement les coupables, mais aussi ceux qui avaient le profil pour le devenir. L'honnête homme devait savoir se contenter de ce qu'il recevait. Il était indifférent que la contrepartie du salaire illégalement reçu fût innocente ; la faute était dans l'amour de l'argent, dans le désir d'un superflu méprisable. On ne pouvait que se méfier de ceux qui préféraient l'irresponsable légèreté de la jouissance à l'honorable pénibilité du devoir.

« Je vous raconte ma vie sans même m'enquérir de votre destination. Pardonnez-moi ce nombrilisme discourtois. Je suppose que vous avez un but précis. Où allez-vous ? »

Théo comprit immédiatement que le ton badin du juge n'était pas exclusif d'une préoccupation inquisitoriale. Rien de nécessairement malveillant : le réflexe, l'habitude. Mieux valait ne pas exciter sa curiosité en inventant une destination qui aurait senti le mensonge et suscité la méfiance.

« À vrai dire, je n'en sais rien. J'ai quitté Paris sur une sorte de coup de tête, persuadé qu'il fallait que je parte, sans bien savoir où ni pourquoi.

– Nos philosophes appelleraient cela une finalité sans fin », dit le juge en riant.

Puis il reprit sur un ton plus sérieux :

« Heureusement que l'on n'autorise pas une telle quête à tout le monde. Mais, conduite par vous, cette recherche ne peut être que bénéfique, je veux dire utile à tous. Ce serait une erreur que de vouloir enfermer un esprit constructif. La contrainte n'est vertu que pour ceux dont la liberté de pensée conduirait au chaos. »

Théo se sentit soulagé par la bienveillance aristocratique de son interlocuteur. Il fallait cependant demeurer vigilant et ne pas exclure que l'homme, rompu aux techniques d'enquête, eût adopté une attitude complice pour en savoir plus. Mais le juge sembla se désintéresser des raisons du voyage de Théo et revint à des questions prosaïques :

« Il vous faut donc un hôtel. Rustique et peu cher ou confortable et favorable à la réflexion ? demanda-t-il sur un ton complice.

– Confortable, oui, confortable, répondit timidement Théo, comme s'il confessait un penchant inavouable.

– Ce sera un peu en dehors de la ville. Le patron est alsacien, comme moi. Il prendra soin de vous. »

8

Le fighting ball

Quand il s'éveilla, Théo parcourut la chambre du regard. Le juge avait raison ; l'endroit était confortable, il était même luxueux et probablement inaccessible à la quasi-totalité de la population. Il ressentit un curieux mélange de satisfaction et de culpabilité au constat du bien-être que lui donnaient une nuit paisible et le spectacle de ce manoir élégant. Déjà la veille, la recommandation du magistrat l'avait fait recevoir comme un hôte de marque. Il se demandait avec inquiétude si le hasard lui donnait l'occasion d'un plaisir coupable ou si toute jouissance était mêlée d'interdit. L'image de Léa lui vint à l'esprit et il se reprocha plus vivement encore d'éprouver un agrément auquel elle n'avait aucune part. Il serait bien resté dans cette douce parenthèse, mais c'eût été renoncer à la confuse recherche qui l'avait conduit jusque-là.

Depuis que la navette de l'hôtel l'avait conduit en ville, Théo avait parcouru les larges avenues du centre sans savoir vers quel but il dirigeait ses pas. Il regardait avec une sorte de commisération dégoûtée les petites maisons à étage unique, toutes semblables, qui bordaient les voies où il déambulait. Les lieux n'évoquaient pas la misère, mais une sorte de modestie triste, comme si la similitude architecturale avait marqué dans les pierres la résignation des hommes. Qu'auraient donc pensé ceux qui habitaient là s'ils avaient seulement eu l'idée de l'endroit fastueux où Théo avait passé la nuit ?

Il est vrai qu'avec le temps les pauvres avaient cessé de vouloir être riches. Les riches, peu nombreux, étaient si cachés, si imperceptibles, qu'on avait fini par les perdre de vue. L'image de la richesse était devenue si floue, si détachée d'illustrations précises capables d'accrocher le désir, qu'on ne se figurait plus clairement ce qu'elle pouvait bien être. L'idée demeurait dans les esprits, mais comme une abstraction plutôt que comme une réalité. On ne désire pas une abstraction. Même Dieu a dû recourir à l'incarnation pour se faire aimer. La standardisation des modes d'existence avait fait disparaître la crispation des convoitises sur un lieu, un titre, une appartenance. Il existait bien encore des endroits où se rencontrait l'élite, mais la plus grande discrétion avait succédé à l'ostentation d'autrefois. Ceux qui se savaient au-dessus du lot avaient l'habileté de n'en rien montrer. On cachait son intelligence, comme jadis une tare physique ; on dissimulait son courage pour ne pas faire honte aux lâches ; on travestissait son dévouement en respect contraint de la règle, pour que les égoïstes n'en prennent pas ombrage. Les distinctions officielles, les signes ostensibles de mérite avaient peu à peu disparu des boutonnières, comme s'éteignent, sans bruit, les usages dont on ne voit plus le sens. Le citoyen modèle était une synthèse de vertus médiocres dont la discrétion n'était pas la moindre. On devait la paix sociale à cette uniformité. On ne cherchait pas si une égalité vraie existait ; il suffisait que rien ne vienne en démentir la proclamation.

De mauvais esprits auraient pu souligner le prix de cet équilibre, en dénonçant le gel des libertés et la réduction des espérances, mais rares étaient ceux qui s'engageaient dans cette voie stérile. Les jours s'écoulaient dans la monotonie de la similitude, dans la reproduction du même, dans l'interdiction implicite de la différence.

Théo passa devant un kiosque qui arborait de larges affiches annonçant pour la soirée un match de fighting ball. Ce sport nouveau procédait du football, du rugby et des divers types de corps à corps imaginés par les hommes. On disait que l'affrontement sportif était un peu confus et qu'il fallait être initié pour suivre la partie. Mais l'utilité de ces compétitions était précieuse ; elles étaient l'occasion d'exorciser les pulsions de violence qui traversaient encore la société nouvelle. Les combats de jeunes gens aux confins des communes avaient presque disparu depuis que le fighting ball avait capté leurs instincts agressifs. Dans les stades, les partisans de chaque équipe étaient installés sur des gradins rigoureusement séparés par de hauts murs hérissés de pointes métalliques. Des parois de verre infranchissables et indestructibles interdisaient l'accès à la pelouse. Une présence militaire imposante empêchait que les choses tournent mal. Tout autour du terrain, des soldats étaient prêts à tirer au canon à eau, qu'ils braquaient sur le public dès que la fièvre montait. Ceux qui auraient été tentés d'infiltrer les rangs adverses en mentant sur leur appartenance pouvaient finir en prison ou, pire, être pour de longs mois interdits d'accès au spectacle. Sur le terrain, les joueurs étaient équipés de protections efficaces. Quant aux arbitres, ils bénéficiaient de l'assistance de milices réglementaires, munies de matraques, qui donnaient une véritable autorité à leurs décisions. Les soirs de match, on hurlait à en perdre la voix, on cassait quelques équipements dont c'était la destination. Les joueurs s'agressaient violemment pour plaire à leur public, mais de façon suffisamment maîtrisée pour éviter l'hôpital. Quelques-uns cependant y étaient conduits sous les cris haineux d'une partie du public et la compassion respectueuse de l'autre. On vomissait des flots de colère et d'amour qu'on n'aurait plus à gérer le lendemain, on haïssait les autres sans souci de l'interdit et on s'aimait plus fort au sein d'un groupe imaginaire qui allait bientôt disparaître.

Théo se disait depuis longtemps qu'il devrait aller voir de plus près ces rassemblements populaires qui avaient pris tant de place dans le fonctionnement de la société. Le spectacle sportif le laissait indifférent, mais il se faisait un devoir d'expérimenter ce qui attirait si puissamment les foules. Il crut pouvoir acheter un billet au tenancier du kiosque, mais il fut incapable de préciser quelle équipe il soutenait et le préposé l'invita, curieusement, à s'adresser au poste de police le plus proche. Il s'y rendit et consentit sagement à répondre aux multiples questions de l'officier de police qui vérifiait en temps réel la fiabilité de ses propos sur son ordinateur. Il finit par essuyer une curieuse exhortation :

« Si j'ai bien compris vos réponses, lui avait dit le policier, le match ne présente guère d'intérêt à vos yeux. Vous voulez vous rendre au stade par curiosité, pour voir comment les choses se passent. Cette soirée n'est pas autre chose pour vous qu'une excursion dans un lieu exotique dont le fonctionnement vous est inconnu. Votre vraie motivation est dans la bizarrerie de ces manifestations que vous voudriez étudier, comme le monde des grands singes ou l'univers des prédateurs marins.

– Je vous laisse la responsabilité de la description de mon état d'esprit. On pourrait débattre des heures sur le regard d'entomologiste que vous me prêtez à l'égard de mes concitoyens, mais vous avez bien compris que je ne suis ni un passionné, ni le supporter d'une quelconque équipe. Je n'en connais d'ailleurs aucune. C'est vrai que je veux assister à un match pour voir de près ce qui déchaîne les passions de tous ces gens.

– Mon devoir, monsieur, est de vous alerter sur le danger de votre projet. Vous savez que nous séparons avec la plus extrême fermeté les supporters de chacune des équipes, que ces soirées sont souvent très violentes et qu'elles pourraient dégénérer en carnage si nous ne prenions pas des mesures fortes.

– Oui, je sais tout cela, dit Théo qui commençait à ressentir une pointe d'agacement à se voir traité en irresponsable.

– Ce que vous ne savez sans doute pas, monsieur, c'est qu'il n'existe pas de partie du stade où l'on pourrait loger les touristes, les neutres, les indifférents, comme vous.

– Alors mettez-moi dans l'une ou l'autre tribune. Je saurai ne choquer personne et n'avoir aucun mot, aucun geste qui puisse être pris pour une provocation. »

Le policier se mit à rire :

« Le problème, c'est que votre calme serait suspect, votre maîtrise donnerait à penser. On se demanderait si vous n'êtes pas un espion de l'autre camp et le pire serait alors à craindre. Non, en conscience, je ne peux vous délivrer un laissez-passer. Je ne veux pas avoir votre mort sur la conscience. Si cela vous est possible, faites-vous inviter un jour dans la loge présidentielle. C'est le seul endroit conçu pour que la sécurité soit optimale et l'exfiltration rapide, si les choses tournaient mal.

– J'entends ce que vous me dites, mais j'ai du mal à admettre qu'un tel déferlement de violence soit envisageable, surtout pour rien, à l'occasion d'une épreuve sportive ? Et contre moi, qui suis si étranger à toutes ces passions !

– Je comprends votre incrédulité, mais c'est ainsi. Vous n'iriez pas dormir dans une cage de fauves ?

– Je commence à saisir votre pensée. Vous les prenez pour des monstres. Vous les croyez capables du pire. Vous êtes aimablement protecteur à mon endroit, mais le fond des choses, c'est que vous êtes une sorte de misanthrope et je n'exclus pas quc votre appréciation en soit gravement faussée.

– Tout est possible, je veux bien l'admettre. Mais je ne prends pas nos compatriotes pour des monstres. Une telle idée ne me viendrait même pas à l'esprit. Ce sont les circonstances qui sont particulières. Ces matchs sont une occasion de se libérer de bien des frustrations ; ce sont des exutoires qui nous assurent la paix dans la vie ordinaire. Nous en avons besoin pour préserver l'ordre public, pour que les lendemains soient paisibles et agréables pour tous. Ne jugez pas trop vite un comportement qui vous est étranger, parce que vous n'avez pas besoin des compensations qu'il procure. Au revoir, monsieur. J'espère que vous retiendrez que je ne cherchais que votre bien. »

Théo n'eut pas à faire un gros effort pour abandonner un projet qu'il n'avait envisagé que comme un devoir. Il s'interrogeait cependant sur le sens qu'avait ce déchaînement de passions. Un solitaire, comme lui, ne pouvait comprendre que l'enthousiasme des supporters marquait l'un des rares moments où ils pouvaient se sentir membres d'un groupe. Les soirs de match, chacun découvrait qu'il appartenait bien à la circumcité, cette tranche de territoire à équidistance du centre-ville, qui tenait lieu de patrie aux périphériens.

En sortant du poste de police, Théo prit spontanément la direction du point de rendez-vous où il retrouverait la navette de l'hôtel et un monde conforme à ses désirs. Devait-il se féliciter de ne pouvoir être assimilé aux spectateurs du fighting ball ou voir dans cette marginalité la caractéristique d'un citoyen contestable ? Était-il un inadapté, un réfractaire ?

Il est vrai qu'on ne faisait plus partie de rien. L'idée d'une confrérie, d'un club de pensée ou même seulement d'un cercle d'amis liés par un intérêt commun serait apparue comme une faute. La réunion de quelques-uns, au prétexte d'une passion partagée, aurait surtout signifié le rejet des autres. Tout regroupement était d'abord exclusion. Seule était admise une fraternité indéfinie qui renvoyait à un terroir commun dont l'existence était une vérité première, si évidente qu'on était dispensé d'en décrire la nature. On n'était pas très exigeant sur la définition de cet universalisme fondateur ; on ne savait d'ailleurs pas très bien à quoi il correspondait. Cette citoyenneté théorique renvoyait jadis à la nation ; mais l'idée avait depuis longtemps été frappée d'opprobre. Derrière le mot nation, on entendait nationalisme, cette passion sulfureuse, moins faite d'amour pour son compatriote que de détestation pour celui qui ne l'était pas. Il n'y avait guère que cette molle préférence pour la tranquillité qui semblait partagée par tous. On appelait ce penchant l'amour de la paix. Il fallait admettre que ce n'était pas si mal.

9

Les credo interdits

Sur sa route, Théo aperçut une église. L'édifice était digne, élégant et comme endormi dans l'attente de temps meilleurs. L'époque n'était plus chrétienne. Elle avait paradoxalement cessé de l'être par vertu, considérant que rien n'est pire qu'une vérité à prétention universelle pour dresser les hommes les uns contre les autres. Non sans quelque raison, l'appartenance à une religion avait de longue date été vue comme une dénonciation du mécréant et de l'infidèle, en un mot comme un ferment de discorde. Les chrétiens s'étaient éteints doucement, sans bruit, comme par épuisement ; il n'en restait plus qu'une poignée, des fantaisistes, des obstinés, qui avaient l'avantage d'animer les églises et de témoigner du passé. Théo gardait au fond de lui un vieil attachement pour le christianisme de son enfance, mais il se reprochait ce lien, qu'il vivait comme une affection inavouable.

L'islam avait été plus résistant. Il avait une longue tradition de combat. Pour beaucoup, il avait été le socle d'une identité et d'une revendication sociale fondée sur la culpabilité d'autrui. On le brandissait comme un drapeau, comme l'étendard qui dénonçait la faute de l'autre et proclamait les droits supérieurs des victimes. Au début, la culpabilité de l'Occident, encore vaguement chrétien et habitué à la pénitence, l'avait amené à aider les musulmans. On leur avait même construit des lieux de prière pour bien montrer qu'on se repentait d'avoir voulu les asservir. Mais on avait fini par prendre conscience de leur tactique de culpabilisation, qui masquait mal une attirance farouche pour le pouvoir. On s'était résolu à éliminer cette ruse malsaine et à effacer une fois pour toutes le pénible rappel d'une faute oubliée.

Une déconsidération générale avait ainsi atteint toutes les formes de pensée irrationnelle, toutes les mainmises du mystère sur la conscience des hommes. La condamnation politique d'un culte particulier aurait eu le parfum d'une odieuse ségrégation. En mettant toutes les croyances simultanément à l'index, on se débarrassait d'inoffensives vieilleries déjà presque oubliées et de puissances actives et menaçantes. Les diverses chapelles avaient connu le sort des mœurs que la désuétude détache du quotidien. Et la laïcité, un peu trafiquée pour l'occasion, avait été le bon outil pour interdire tout signe ostensible de religiosité et mettre tout rite visible hors la loi. Il n'avait pas été bien compliqué de faire admettre à tous que la seule valeur à défendre n'était pas Dieu, mais le plaisir.

Les credo politiques s'étaient dévalorisés en même temps que les religions. On avait très vite détesté toutes les idéologies, qu'on assimilait à des dictatures. La modération humaniste s'accommodait bien d'un scepticisme craintif à l'égard de tout ce qu'au fil du temps on avait pris pour des révélations. Avec sagesse, on avait fini par admettre que la vérité politique était une notion dangereuse qui conduisait, comme la foi, à des combats fanatiques. Le *peace and love*, devenu l'image idéale des rapports humains, exigeait une similitude des préférences, une harmonie des jugements, un bannissement des alternatives, une unanimité des espérances. Il n'avait pas été simple de faire prendre conscience à tous de la dimension perverse de leur liberté. La politique avait été l'un des derniers résidus de l'ancien monde à disparaître. Elle n'était d'ailleurs pas tout à fait morte ; l'esprit de contradiction animait encore çà et là quelques polémiques. Les partisans du TRSS ou du Codecor illustraient les oppositions de jadis, mais la passion s'était heureusement évanouie. La proclamation d'une vérité ne faisait plus partie des habitudes ; on se bornait à défendre un intérêt personnel et immédiat, pas une idée généralisable. Deux à trois décennies avaient été nécessaires pour qu'on se rende compte que des attitudes, hier respectées, étaient en réalité nocives.

Les choses désormais étaient claires : l'ennemi était celui qui menaçait la concorde en voulant faire prévaloir une différence. On avait compris que la dissemblance conduisait inexorablement à la divergence et bientôt à l'affrontement.

10

Tous égaux

Quand il fut à proximité de la place où il devait retrouver la voiture de l'hôtel, Théo constata que le minibus était déjà présent. Bien qu'il fût largement en avance sur l'heure convenue, il eut l'impression que le chauffeur était heureux de son arrivée.

« Nous rentrons à l'hôtel, monsieur ?

– Oui, quand vous voulez.

– Si ça ne vous ennuie pas, nous partons immédiatement. Je dois aller à Sablé-sur-Sarthe cet après-midi et je serais heureux de partir le plus tôt possible.

– Est-il indiscret de vous demander ce que vous allez faire là-bas ? demanda Théo pour avoir l'air de s'intéresser à son interlocuteur.

– L'hôtel a une ferme à côté de Sablé. C'est là que nous nous approvisionnons. C'est un peu loin, mais les fermes sont devenues rares et nous n'avons pas le choix. »

En arrivant à l'hôtel, Théo demanda au chauffeur s'il pouvait l'accompagner à Sablé. L'autre acquiesça, lui précisant qu'il partirait dans moins d'une heure.

Théo s'était installé à côté du chauffeur et laissait aller sa pensée au gré des images qui jalonnaient le chemin. Il regardait sans surprise défiler les faubourgs de la circumcité. Leur extraordinaire similitude n'était ni une découverte ni une surprise, mais il la vivait comme une anomalie, presque comme une agression. La cause n'en était pourtant pas bien mystérieuse. Pour s'assurer de l'harmonie sociale, on avait emprunté aux temps anciens une notion miracle, l'égalité. Cette revendication séculaire, jamais assouvie, présentait un avantage : elle sommeillait dans tous les esprits et se ranimait à la moindre frustration. C'était une fin si incontestable qu'elle permettait d'envelopper le nouvel ordre d'un manteau d'équité qui le rendait légitime et respectable. L'architecture imposée à la société des hommes, en s'appuyant sur cette exigence universelle, régnait majestueusement, hors d'atteinte de toutes les critiques. L'habileté avait consisté à insinuer discrètement l'égalité dans le réel, sans proclamation tonitruante, sans cri de victoire, sans désignation de vaincus. Elle devait devenir le statut ordinaire, le minimum exigible, la vérité qu'on proclamait d'autant moins qu'elle s'imposait d'elle-même.

Déroger à l'égalité ne devait plus soulever l'indignation, mais provoquer le rire, qui déconsidère plus sûrement que la défaite.

Le bon sens avait toutefois amené à conclure que l'élite pourrait encore servir, qu'il ne fallait pas la bannir, l'empêcher d'éclore. Il suffisait de la cacher et de lui interdire de s'afficher comme une caste supérieure. Rien ne devait la distinguer du troupeau. Tout privilège devait lui être interdit, pour que l'homme ordinaire ne soit jamais porté à se dire : « Pourquoi pas moi ? » Il avait donc fallu surveiller de près ces esprits distingués, souvent prompts à se hausser du col et à susciter la haine et l'envie. Il était heureusement rare que les intelligences supérieures, assoiffées de reconnaissance, fussent en même temps tentées par une résistance héroïque à l'autorité légitime

On croyait maintenant à l'universalité de la similitude de tous, au caractère naturel de la nouvelle société égalitaire. Dire qu'elle faisait du plus médiocre le critère de normalité n'aurait pas été autre chose qu'une injure hérétique. On avait peut-être rompu avec toutes les croyances, mais le blasphème n'avait pas pour autant disparu.

Théo comprenait ce que *l'année du crétin* représentait comme menace pour l'équilibre du groupe. La logique l'obligeait à admettre que cette boutade, innocemment lancée, avait fait de lui un suspect. Il culpabilisait à l'idée d'avoir mis le système en péril sans même l'avoir voulu. Une ambiguïté demeurait : se reprochait-il une faute politique ou seulement une analyse insuffisante qui lui aurait masqué la dangerosité de son propos ?

Ainsi s'était mise en place une société sans différences visibles, sans distinctions apparentes entre les êtres, sans prééminence repérable de quiconque. La lutte avait été rude pour étouffer les ego, éteindre les ambitions, dissoudre le goût du pouvoir. Mais l'effort et le temps avaient eu raison des égarements anciens. Un calme consensus s'était installé et presque tous avaient admis qu'il était coupable et fou de chercher à émerger du groupe et de revendiquer un traitement spécial. De mauvais esprits prétendaient qu'on avait éradiqué les conflits au prix du sacrifice de la liberté et qu'il n'y avait pas de raison de se féliciter d'avoir instauré la tyrannie de la paix. Mais l'écrasante majorité savait que la sévérité du nouvel ordre préservait son bonheur et sa tranquillité.

On était passé du règne de la force, de la confrontation et du conflit à l'obligation léthargique. La brutalité s'était effacée en même temps que l'espérance. Était-ce un progrès ? On devait admettre que tout allait à peu près bien et que l'État s'était acquis un droit légitime à la reconnaissance des hommes. Théo se reprochait sincèrement de ressentir parfois du dégoût pour cet univers qu'il aurait dû aimer, comme tant d'autres avaient la sagesse de le faire.

Troisième partie : le recueillement

1

Un refuge dans l'intemporel

Théo s'était fait déposer au carrefour de la route de Solesmes et avait pris à pied la direction du village. Il y avait bien quinze ans qu'il n'était pas venu ici et pourtant les lieux lui étaient demeurés familiers. À l'époque, il préparait le baccalauréat et s'imaginait qu'il aurait bien besoin d'un travail intense et d'une concentration maximale pour décrocher le diplôme. C'est dans cet esprit, peu marqué par le mysticisme, qu'il avait choisi de faire retraite dans une abbaye, loin des tentations du monde qui, pourtant, hier comme aujourd'hui, n'exerçaient sur lui qu'une séduction facile à réprimer. Ce souvenir du temps de l'adolescence amena un sourire sur son visage. Il savait maintenant que cet examen n'était qu'une formalité peu exigeante, qu'on donnait le diplôme à peu près à tout le monde, un peu comme s'il s'agissait d'un de ces droits fondamentaux dont on ne pouvait priver personne. Il se remémorait avec un amusement attendri la crainte qu'il nourrissait alors d'être insuffisant et l'orgueil dérisoire qu'il avait tiré de son brillant succès. L'enjeu aujourd'hui était plus ambitieux : il s'agissait de reprendre ses esprits et d'essayer de discerner la voie de la vérité.

En arrivant à Solesmes, Théo décida de contourner l'abbaye et de longer la rivière, pour s'habituer à la sévérité des lieux et aussi pour différer le moment où il faudrait passer aux choses sérieuses. Une sorte de gentilhommière, dans le goût du XVIIIe siècle, était ce qu'on apercevait d'abord, au bout d'une longue allée qui traversait un parc à la française. Puis surgissaient les hauts murs des constructions médiévales, qui rompaient avec la douceur de l'édifice précédent et annonçaient l'austérité qui régnait derrière les façades. Arrivé au pont qui enjambait la Sarthe, Théo prit à droite et revint sur le village. Un hôtel simple et élégant retint un instant son attention. Un restaurant à l'ancienne faillit le séduire. Mais il n'était pas venu pour ces jouissances frivoles. Il ne les rejetait pas pour autant, mais on verrait plus tard à transiger avec le plaisir. Il était néanmoins rassuré que de petites joies simples exercent encore sur lui un attrait. C'était une façon d'être dans la vraie vie. La familiarité avec la métaphysique lui donnait souvent l'impression d'être un inadapté, un marginal. L'envie soudaine de boire une bière au comptoir, au sein d'une bande joviale et bruyante, remettait les pieds sur terre. Ce désir prosaïque ôtait aussi toute inquiétude sur sa propre normalité.

Le village n'était pas bien grand et Théo se retrouva bientôt à l'entrée du monastère. Il sonna et le judas s'ouvrit.

« Vous êtes retraitant ? demanda une voix.

– Oui, répondit Théo.

– Pouvez-vous me donner votre nom ? »

Théo déclina son identité.

« Je ne vous ai pas sur ma liste, objecta la voix.

– Ça ne m'étonne pas. Je n'ai pas annoncé ma venue. Ce n'était pas prévu.

– En principe, ça ne marche pas comme ça, dit la voix, qui ne manifestait pourtant pas la moindre réprobation.

– Je sais, répondit Théo. Je suis déjà venu, il y a longtemps. Aujourd'hui j'aurais bien besoin qu'on m'accueille.

– Entrez, dit la voix, mais attention, je serai peut-être obligé de vous demander de sortir dans quelques minutes. Ce n'est pas moi qui décide. »

En pénétrant dans le vaste vestibule, Théo fut surpris de découvrir le corps d'où sortait la voix entendue à travers la porte. Un jeune moine un peu roux, l'œil pétillant, abritait ses rondeurs dans son habit de bure. Il accueillit le nouveau venu avec empressement, confirmant les intonations de bienveillance qu'il avait eues quelques instants plus tôt.

« Merci, mon père, dit Théo.

– Mon frère suffira, répliqua l'autre. Je suis moine de base. Je me demande même si j'ai vraiment droit à ce titre. Tenez. Remplissez donc le formulaire d'entrée.

– Vous êtes le frère hôtelier ? demanda Théo, pour dire quelque chose.

– Non, le frère portier ; en gros, le concierge, mais ça me va bien. »

Quand le formulaire fut rempli, le portier le scanna consciencieusement et l'envoya à l'autorité détentrice de la décision d'accueil.

« Maintenant il faut attendre, dit le moine avec placidité. La réponse peut prendre un certain temps. Mais les chaises sont confortables et on a le droit de parler de tout et de rien », ajouta-t-il avec gourmandise.

Théo sourit et comprit qu'il fallait lancer la conversation.

« Pourquoi dites-vous qu'être portier vous va bien, mon frère ? Pourquoi insinuez-vous qu'en vous disant moine vous pourriez vous rapprocher de l'usurpation ?

– Je vais te le dire. On peut se tutoyer ? On s'appelle frères, les frères, ça se tutoie. »

Il s'interrompit, guettant la réaction à son audace. Théo cligna des paupières en souriant et lui fit signe de poursuivre.

« Si je suis portier, ce n'est pas par hasard. J'ai déjà pris deux fois la poudre d'escampette. Ce n'est pas que quelque chose de particulier m'attirait dans le monde ; j'avais seulement besoin de retrouver mes habitudes et ceux que j'aimais ; peut-être seulement de m'assurer qu'ils existaient toujours, qu'ils m'attendaient, que je pourrais revenir à tout moment. Partir est une chose, mais s'interdire tout retour, c'est plus lourd à porter. Tu trouves cela méprisable ?

– Bien sûr que non, dit Théo. Il est si difficile de savoir ce que l'on doit être, quel chemin on doit suivre. Je te comprends très bien, au contraire.

– Alors, on m'a mis là, poursuivit le portier. Je vois les arrivants, je bavarde avec eux. Tous ne sont pas prêts à la conversation ; les meilleurs me font l'aumône de quelques paroles. Ils apportent le parfum délicieux du monde que j'ai quitté ou plutôt que je n'arrive pas à quitter. Tu me permets de humer un peu cet ailleurs d'où tu viens ? » supplia-t-il en théâtralisant une profonde inspiration.

Théo sourit encore pour tout acquiescement et se mit à raconter quelques anecdotes anodines de la vie universitaire. Il lui parla même de sa trouvaille de l'horoscope chinois et de l'année du crétin qu'il ne pouvait plus mentionner ailleurs. Le moine se mit à rire avec d'étranges mimiques qui ressemblaient à des convulsions. On eût dit un enfant bravant un interdit sans pouvoir retenir son plaisir ni juguler sa culpabilité. Il se passa un long moment sans que Théo ose demander ce qu'il en était de son admission. Bientôt le portier eut sans doute le sentiment qu'il abusait, moins de Théo que de l'opportunité d'évasion que lui procurait sa venue. Il alla consulter l'ordinateur et revint triomphant :

« On t'attend. Je me doutais bien qu'on t'accepterait, mais je n'osais pas te le dire. Il n'y a pas beaucoup de monde qui vienne nous voir ces temps-ci. »

Le moine ouvrit la porte qui donnait accès au jardin à la française. Théo, en franchissant le seuil, entendit : « Merci, mon frère, de ta sollicitude. » Il se retourna pour protester, répondre, réagir de quelque manière, mais il ne vit plus que la lourde porte qu'on avait précipitamment refermée.

2

L'interpellation de l'au-delà

Dès le soir de son arrivée, Théo avait demandé à voir le père confesseur. Il ne l'envisageait pas comme un prêtre au service d'une liturgie, mais comme un sage, un conseiller qui peut-être l'aiderait à voir clair. Avec un peu de chance, il saurait lui donner les moyens de réagir au malaise indéfinissable qui l'avait envahi. Le lendemain matin, après la messe, à laquelle il avait assisté avec une indifférence qu'il n'avait pu vaincre, Théo se rendit chez l'abbé.

Le père vint rapidement ouvrir la porte et fit signe à Théo de pénétrer dans ce qui devait être son bureau. La pièce était de bonne taille ; elle contrastait avec l'exiguïté des cellules réservées à la solitude. On s'y sentait bien. Le lieu était vivant ; des livres étaient posés en désordre sur une étagère et sur la table étaient empilés des papiers dont chaque tas était surmonté d'un galet. Le moine montra l'angle de la pièce opposé au bureau en un geste qui invitait à s'asseoir sur l'une des chaises qui y étaient placées. Avant de prendre place, il demanda, en désignant un prie-Dieu sur lequel était jetée l'étole du confesseur :

« Attendez-vous de moi un entretien rituel ou un échange plus informel ? Quel que soit votre choix, vous êtes le bienvenu. J'accueille tous ceux qui viennent à moi avec bienveillance et quelque chose me dit, au-delà de ce parti pris paternel, que j'aurai plaisir à parler avec vous.

– Parler m'irait bien, mon père. Je ne me sens pas prêt pour autre chose. À la vérité, je ne sais comment vous dire la raison de ma présence. Elle s'est imposée, sans que je sache pourquoi. Une sorte de force invisible m'a conduit ici. Dieu, allais-je dire, mais cette explication me paraît relever du blasphème. Je n'y crois pas assez pour que cette pensée soit autre chose qu'une injure ou qu'une poussée d'orgueil.

– Alors, cherchons d'autres raisons..., répliqua le prêtre sans s'attarder aux fautes dont son visiteur s'accusait.

– La lassitude, le dégoût, reprit Théo comme s'il ne parlait qu'à lui-même. Une fatigue pesante, tirée du jeu tyrannique de l'adaptation, du refus de la révolte, de la honte aussi à vouloir leur ressembler, à chercher la reconnaissance, à désirer ce que je sais sans valeur. »

Théo se tut, surpris d'avoir si aisément formulé ce qu'il ressentait, d'avoir soudain pu mettre des mots sur l'extravagante difficulté d'être qui l'habitait.

« Parfois les hommes perdent de vue le sens des choses, dit en écho le père. Ils ne s'intéressent plus qu'à des fins dérisoires et médiocres. Ils oublient Dieu, la Beauté, le Bien. Ils deviennent incapables d'imaginer seulement la grandeur du sacrifice, de l'effort, de la contrainte. Il ne leur reste bientôt plus qu'un intense intérêt pour eux-mêmes, que la soif des jouissances immédiates, que l'adoration de l'argent.

– En sommes-nous arrivés là, mon père ?

– Pas encore, pas tout à fait, pas complètement. L'épisode du veau d'or est d'ailleurs réversible. Dans la nuit la plus épaisse, on finit toujours par trouver une lueur.

– ... dont vous êtes le gardien ?

– En quelque sorte. C'est le faible éclat des lieux consacrés, la discrète étincelle rouge qui vacille sur l'autel. Ne trouvez-vous pas paradoxal que la présence de Dieu soit signalée par un si misérable lumignon ?

– Vous parlez de Dieu comme d'une évidence, comme d'un compagnon de route qui serait toujours là. Je vous envie.

– Ne vous y trompez pas. Les certitudes de l'autre, le confort enviable de l'équanimité dont on voudrait lui dérober le secret, tout cela n'est qu'illusion, facilité, caricature. L'autre, le plus souvent, est perçu comme un objet fini, défini, arrivé au port, figé dans un état statutaire et irréversible. C'est plus facile que de l'envisager dans le déchirement, la mobilité incessante, le doute, le flottement entre des convictions irréconciliables.

– Vous voulez dire que vous-même, ici..., interrogea timidement Théo.

– Si vous me saviez en voyage, vous n'auriez aucun mal à concevoir mon déplacement dans l'espace et à m'imaginer aujourd'hui à Rome et demain à Venise. Mais mon itinéraire spirituel exige d'être statique, abouti, gravé dans le marbre pour être compris : le moine, derrière ses murs protecteurs, dorlote sa conviction et jouit d'une foi tranquille, comme l'enfant se pelotonne dans le sein maternel.

– Je veux bien admettre que ce n'est pas si simple », glissa Théo, presque par politesse, pour se faire pardonner la vision réductrice que son interlocuteur lui reprochait d'avoir eue de lui.

Sans s'arrêter à cette concession mondaine, le moine continua :

« L'objectivation de l'autre est une façon de se débarrasser de lui, de le refuser comme problème, d'écarter son statut de vivant, d'éluder toute question le concernant. Il devient l'équivalent d'un portrait, d'un buste, d'un ours en peluche. On peut ainsi concentrer son attention sur soi-même, cet être incertain et fragile qui mérite toutes les sollicitudes.

– Vous savez bien, mon père, que nous ne pouvons nous affranchir du principe d'identité. Il nous est nécessaire pour nous y retrouver dans cet étrange fatras qu'est le monde. Nous avons besoin de définitions claires, même si elles sont des simplifications excessives ; une chose est ce qu'elle est et ne peut répondre à des dénominations différentes. Il en va de même pour les hommes.

– Oui, dit le prêtre avec un ricanement à peine esquissé ; on leur colle une étiquette au front, qui dit d'eux tout ce qu'il faut savoir. Vous me percevez comme un croyant paisible à cause de ma robe. La différence d'accoutrement entre vous et moi devient pour vous une sorte de permis de douter et pour moi une obligation de croire. Si nous sortions de cette trop commode facilité...

– Je ne demanderais pas mieux que de vous imiter dans la foi, dit Théo, même au prix de moments d'incertitude. Mais on ne peut décider un beau matin de rompre avec la facticité du monde, de s'oublier, de tourner son regard vers Dieu.

– Mais si ! C'est beaucoup plus simple que vous ne l'imaginez. Je ne vous invite pas à nous rejoindre, mais Dieu est partout. En venant ici, vous fuyez l'injustice que vous croisez sans cesse et ne tolérez plus. Peut-être rejetez-vous aussi d'autres choses que vous n'avez pas encore identifiées. La capacité à discerner le mal est déjà beaucoup ; elle montre la voie à suivre et surtout celle qu'il faut éviter. Il n'y a pas que la contemplation et le retrait du monde. Prier, c'est aussi combattre et servir.

– Vous m'incitez à la révolte ?

– Pas le moins du monde, mon fils. Je ne vous conseille ou déconseille rien. Je ne suis dépositaire d'aucune révélation que je pourrais vous offrir. J'ignore, comme nous tous, où est la vérité, ce que sera demain, qui seront les héros, quel sera le critère d'identification des traîtres. Et cela m'est indifférent. Le temps et son échelle de valeurs variables et capricieuses ne sont pas mon objet de préoccupation. N'attendez pas de moi un conseil politique. Je suis complètement démuni devant l'histoire. Je crois à la bonté, à la charité, à la miséricorde ; toutes choses qui me conduiront peut-être à cacher celui dont je réprouverais in petto le comportement passé, seulement parce qu'il sera devenu faible et vulnérable. Ceux qui ont triomphé se prennent souvent pour les chevaliers du Bien, pour les soldats du Christ ou quelque chose d'approchant dans l'ordre de la légitimité laïque et néanmoins sacrée. Dieu, pensent-ils, les a conduits à la victoire et ils ont le droit de liquider ceux qui se sont mis en travers de leur chemin. La justice du vainqueur n'est que la prolongation cachée de son combat, une façon de placer sa victoire sous le drapeau de l'Éternel. Ma mission est de prier pour les vaincus, quels qu'ils soient, et parfois de leur tendre la main. Vous voyez, je suis bien loin de l'opportunité du moment et des tribunaux qui au fil de l'histoire confirment avec hauteur et soumission que ceux qui ont reçu la gloire étaient des élus.

– Vous ne croyez pas en la justice des hommes ? s'étonna faussement Théo.

– Si, dans une certaine mesure. Elle instaure une forme d'équilibre ; elle contient les débordements qui apportent des souffrances ; elle rappelle les interdits fondamentaux à ceux qui seraient capables de les oublier. Mais tout ce qui est utile n'est pas pour autant sacré.

– Si j'osais, mon père…

– Allez-y. Je suis là pour vous entendre et je doute que votre audace annoncée soit aussi incongrue que vous semblez le craindre.

– J'ai l'air si policé, si tiède ?

– Allons à l'essentiel !

– J'ai l'impression, en vous écoutant, d'avoir affaire à un sceptique, à quelqu'un pour qui toutes les hypothèses sont équivalentes, à quelqu'un qui saurait qu'il n'y a pas de vérité. Le contraire en quelque sorte…

– … d'un homme de foi, termina le prêtre.

– Oui, acquiesça Théo avec le soulagement et la gêne de celui qui dit ce que la franchise commande et que la bienséance désavoue.

– Je m'attendais à une réflexion de cette nature, dit le moine après un silence. Ce qu'il faut que vous compreniez, c'est que ma foi ne concerne pas l'histoire, pas le temps présent. Je n'ai aucun souci de réussite ou d'échec. Je suis au service de la beauté, du bien, de la fraternité humaine, à tout le moins de l'idée que je m'en fais.

– Quand on sert l'Éternel...

– ... la contingence importe peu. Vous commencez à comprendre. Mais vous, mon fils, vous ne vivez pas entre des parenthèses monacales. Vous êtes un homme du temps présent, vous vous interrogez sur ce que doivent être vos choix.

– À ce propos, mon père, je voudrais vous poser une question saugrenue. Croyez-vous qu'un homme normal, celui que je crois être, puisse commettre une faute sans même s'en apercevoir ?

– Je ne suis pas sûr de bien comprendre votre question, mais l'indifférence à l'autre, l'oubli de son existence, de ses besoins et de la dignité à laquelle il peut prétendre sont une sorte de mépris implicite, de consentement à son malheur, d'approbation de sa déchéance. Et pourtant cette attitude est celle de la passivité, de l'inaction qui se prétend si souvent innocente.

– Ce n'est pas seulement à une abstention coupable que je pensais, mais à une faute positive, quelque chose qui ressemble à un crime que la société serait prête à sanctionner.

– Vous m'en avez trop dit ou pas assez. Le registre de l'abstraction est une manière de dissimuler sa pensée et aussi de fuir la réalité. Je sens bien votre réticence, votre méfiance, peut-être devrais-je dire votre peur. Vous êtes ici un peu en dehors du monde, dans une parenthèse qui résiste à devenir un tombeau. Je vous promets le secret le plus absolu ; nous sommes presque dans la confession. Je n'ai ni relation suffisante avec l'extérieur, ni vulnérabilité qui m'affaiblisse assez pour vous trahir. Si vous êtes un vaincu, un déshérité, peut-être même un coupable, vous êtes de ceux dont je vous parlais tout à l'heure, de ceux que je dois aimer, car plus personne ne songe à le faire. »

Après un instant d'hésitation, Théo raconta tout, la lettre sibylline de son père, les intrusions supposées dont il était victime, la surveillance dont il se croyait l'objet.

« Vous rattachez vous-même tous les événements à la lettre de votre père et à son sens mystérieux qui visiblement préoccupe d'autres que vous. À leurs yeux, vous êtes dépositaire d'un secret qu'ils veulent vous arracher. Mais en vérité vous ne savez rien. On peut montrer que l'on sait, mais il n'y a guère de moyen de prouver son ignorance. On vous surveille pour surprendre cette chose inconnue au moment où vous lèveriez le voile qui la dissimule, ou, pire, celui où vous la livreriez à d'autres, si vous commettez jamais pareille imprudence. On ne vous regarde probablement pas comme un coupable, mais comme une proie à laquelle on veut dérober son trésor. C'est un étrange malentendu. Je perçois l'inconfort de votre situation, mais je ne vois pas de solution à cette curieuse distribution des rôles. Il faut parfois s'habituer à vivre avec un poids sur l'âme. La légèreté de la vie est un luxe délicieux qui ne nous est pas donné à chaque instant. On entre dans le malaise sans comprendre ce qui justifie cette punition et, un jour, la sentence est levée sans aucune explication, sans qu'on sache pourquoi le brouillard s'est dissipé. »

Après un court moment où il sembla réfléchir, le moine poursuivit :

« Je vous soupçonne de croire en Dieu, mais à votre manière, sans vous autoriser à céder à une certitude que vous prendriez pour une faiblesse. C'est le même genre de fardeau que le mystère policier que vous m'avez exposé. Il est des questions qu'il faut savoir laisser ouvertes, comme des blessures qu'un étrange miracle referme un jour sans qu'on sache pourquoi.

– Sans doute. J'allais dire : "Puisque vous le dites." Mais je ne peux renoncer à un besoin de vérité, de clarté, s'il se pouvait d'évidence, même si je ne sais pas à propos de quoi. Je ne suis pas confronté à un dilemme, je n'ai pas à trancher, à rejeter, à choisir. Tout pourrait continuer à l'identique, sans changement; c'est même, probablement, ce qui me rendrait le plus heureux.

– Si ce n'est que vous savez bien que l'absence de questionnement ressemble plus à un sommeil coupable qu'au bonheur. Je ne peux dire quel est pour vous le bon chemin, mais je sais qu'il existe et que vous pouvez trouver ici la force de l'identifier. La prière est une méditation qu'on finit par traduire en actes. Vous ne verrez pas la Vierge vous apparaître et vous donner un ordre de mission. Les miracles sont faits pour les humbles que la dialectique ne concerne pas. Votre tâche est plus complexe. Dieu veut que vous trouviez seul la voie, mais il va vous y aider. »

Le prêtre bénit Théo, qui accueillit ce geste avec un plaisir physique qui l'étonna.

« Est-ce que ce signe de croix vous dit quelque chose ?

– Je le reconnais, bien sûr. Puis-je dire pour autant que je ressens sa signification profonde ? Il dit une appartenance, mais elle est si proche du rejet d'autres convictions qu'elle a tendance à me gêner. Pourtant ce geste me procure un bien-être. Je ne saurais dire pourquoi. Il me rapproche moins de Dieu qu'il ne m'éloigne du monde, dont je sens tout à coup, avec soulagement, la facticité et la moindre importance.

– Il vous rapproche des valeurs éternelles, dit le prêtre avec autorité. Il est symbolique. Il n'a pas de valeur propre, mais a le mystérieux pouvoir de vous confronter à l'essentiel. Les symboles n'ont jamais d'importance ; ils ne sont que forces de renvoi à l'indicible, vecteurs de conduite vers des mondes que les sens ne saisiront jamais.

– Je ne suis pas sûr, mon père, de ne pas être un usurpateur. Ici on cherche Dieu ; je ne sais pas si tel est bien le but de ma démarche. Il n'est pas exclu que je vienne me réfugier dans ce monastère pour me mettre à l'abri d'un monde que je ne parviens ni à aimer ni à haïr. Il est possible que je n'aie pas d'autre souci que moi-même. »

Le prêtre eut un sourire.

« Ce scrupule vous honore, mais je ne crois pas utile de nous y arrêter. Chacun de nos actes est une réponse à un désir, à un besoin, parfois à une peur. Nous sommes toujours derrière ce que nous faisons ; c'est notre condition. Si je n'étais plus demain solidaire ou bénéficiaire de mon action, c'est qu'une sorte de folie m'aurait gagné. L'oubli de soi n'est pas un commandement de Dieu ; ce n'est qu'un slogan au service d'une commodité sociale. On soumet plus aisément celui que l'on a formé à confondre l'oubli de ses préférences avec la vertu. Le Christ nous enseigne la charité, le souci de l'autre, pas le mépris de soi. L'effacement des individualités et de leurs désirs contradictoires rend l'ordre plus facile à maintenir dans la cité.

La règle n'a pas d'autre fondement que cette ruse pragmatique.

– Ce n'est pas tant la préoccupation de soi qui m'embarrasse, mais plutôt l'allégation d'une foi dont je ne puis affirmer qu'elle existe en moi. Je vous parle en chrétien sans être bien sûr de l'être. J'évoque un souci de Dieu qui cohabite en moi avec la conviction de son inexistence

– Croyez-vous l'Église assez élémentaire pour exiger des certitudes de ceux qui lui font encore confiance ? D'autant plus que la tendance dominante est à l'incrédulité matérialiste. Au fil du temps, il est apparu de plus en plus raisonnable de rejeter Dieu. La spiritualité est devenue désuète et ridicule. Pendant des siècles, l'Église et l'État ont combattu les sceptiques et les déviants – pourtant tous plus ou moins croyants – avec passion et même férocité. Aujourd'hui ce sont les ennemis de la foi qui exercent l'autorité morale, avec la même intolérance. Ils nous observent, ricanent et haussent les épaules. Les questions de croyance ne sont plus prises au sérieux. Ce sont, dit-on, des histoires de bigotes simplettes et déboussolées. Une dérision prosaïque et vulgaire croit pouvoir régler par le mépris des siècles de réflexion. L'incertitude a toujours agité les hommes. Le doute n'a jamais cessé de cohabiter avec la foi. “Tu ne me chercherais pas, si tu ne m'avais trouvé.” Les plus ouverts des modernes rattachent la foi à la grâce ou à une illusion. Ils hésitent entre l'hallucination psychiatrique et un cadeau de Dieu qui dispenserait quelques bienheureux de toute interrogation. Imaginent-ils un seul instant que celui qui croit vit un questionnement douloureux et s'avance sur un chemin de croix ? Les quelques rares que l'idée pourrait séduire la bannissent sans la moindre hésitation. On préfère la certitude désespérée du néant à la pénibilité de la recherche du souverain Bien. On aime la paix, la tranquillité, cette douceur médiocre d'une vie endormie. Le débat intérieur est trop inconfortable pour qu'on prenne le risque de l'installer en soi. Bientôt on chérira la dictature, qui offre une vérité unique et dispense de toute interrogation. Elle fait d'ailleurs des progrès dans la société civile comme dans l'énoncé religieux de certains cultes. Est-ce véritablement un hasard ? Un vague souvenir de la liberté trouble encore parfois, comme un reproche, nos médiocres attentes de pères tranquilles. Faut-il s'étonner qu'on accueille Dieu sans plaisir, lui dont l'existence ne se prouve pas, dont les contours sont flous et l'omnipotence hypothétique ?

– Vous me croyez victime du prosaïsme avachi qui nous entoure ? demanda Théo sur un ton qui oscillait entre la surprise et une timide indignation.

– J'aime cette révolte feutrée, dit le prêtre. Nous sommes tous les victimes des idées dominantes, même quand le goût du jour est dans une facilité qu'on s'est efforcé de combattre. Mais vous avez une double chance : il vous reste le souvenir d'une religiosité ordinaire, presque sauvage, celle qui a bercé votre enfance ; vous êtes par ailleurs philosophe, ce qui ne se conçoit guère sans référence à un panthéon de notions diverses qui ressemble à l'Olympe ou à la Bible. Comment parlerait-on encore du Bien, du Beau, du Vrai, si l'on s'interdisait toute littérature fantastique, tout roman fondateur, toute sarabande métaphysique ? Vous ne pouvez pas vous permettre de ne pas croire. Ce que vous appelez le prosaïsme avachi ne peut ni vous séduire, ni vous absorber. Votre existence est liée au tumulte de l'au-delà, dont vous vous acharnez à décrypter le sens. Toute votre vie renvoie à un âge d'or qui ne s'inscrit dans aucune chronologie. Vous ne cesserez jamais de frapper à la porte de ce temps béni, de ce monde mystérieux où nous situons Dieu, presque par défaut. Ne renoncez pas à ce que vous êtes. N'abdiquez jamais votre faculté d'analyse, votre puissance critique. Laissez s'épanouir en vous cette attente de vérité. Laissez s'installer le désir de voir en face ce qui n'a ni forme ni couleur. Laissez le hasard vous prendre par la main et remettez à plus tard la tâche de dénommer et de décrire cette force plus grande que votre intelligence. Laissez-vous porter par ce renversement et tout deviendra clair et facile à concevoir, si ce n'est à faire. Pendant que vous êtes ici, allez prier autant que vous pourrez. Nos églises vous attendent. Mais ne parlez pas trop. Dieu n'a pas besoin qu'on lui fasse la conversation. Écoutez-le et suivez sa parole, qui ne sera peut-être qu'un signe faible vous indiquant une direction. Ne soyez pas rebuté par une prière dont les paroles ne recueilleraient pas votre approbation. Qu'on psalmodie ou qu'on déclame, le discours est sans importance. Le geste n'est pas rationnel ; il n'est qu'une façon de se détourner du monde et même de la logique avec laquelle nous l'abordons. La prière n'est pas une démonstration. Est-elle seulement un credo ? C'est une gymnastique de l'âme qui acquiert bientôt la souplesse qu'il faut pour accéder à ce qui ne se voit pas. La religion est une sorte d'échelle dont vous ne pouvez dédaigner que les marches que vous avez déjà gravies. »

Théo, ébranlé par ce discours, se sentait enclin à suivre la voie qu'il désignait en écrasant tous les obstacles. Il était aussi curieux de la découverte qui lui était promise. Mais, au fond de lui, demeurait une sourde réticence dont la raison lui échappait.

3

Une espérance inconfortable

Il avait passé la journée dans le recueillement, sous les voûtes gothiques, dans les jardins et les cloîtres de l'abbaye. Il n'avait pas assommé Dieu avec un quelconque bavardage, ni récité ces textes convenus, si usés par le temps que le sens s'en était échappé. Il n'avait pas murmuré ces phrases faites pour le Très-Haut, comme il y a des formules pour parler aux enfants. Il s'était bien rappelé l'amusante exhortation du père : Dieu n'a pas besoin qu'on lui fasse la conversation. Il s'était seulement mis en état de communiquer avec le ciel et ce qu'il croyait être la réussite de cette connexion lui apparaissait comme un extraordinaire succès. Il se sentait désormais dans une posture particulière, ouvert à des suggestions fantastiques, capable d'entendre les murmures de l'au-delà que les hommes ignorent, accaparés qu'ils sont par l'ordinaire des jours.

De temps en temps, il croisait un moine qui le saluait discrètement d'un sourire esquissé.

Il arrivait aussi qu'on ne le voie pas et que le regard de l'homme en robe se perde dans l'infini, comme s'il était en ligne avec un autre monde, dans une sorte de lévitation intellectuelle. Un vieux souvenir vint à l'esprit de Théo : « L'attention est une prière naturelle par laquelle nous obtenons que la raison nous éclaire. » Cette attention-là n'était pas celle de l'étudiant sérieux. Malebranche ne parlait pas de la vigilance, de l'application, de l'écoute révérencielle d'une parole professorale. Il évoquait plus probablement une ouverture de l'esprit à l'inconnu, une préparation à la réception d'une vérité imprévisible, une position d'attente exacerbée, cette concavité suppliante de l'homme qui ouvre les bras à l'inaccessible. La compréhension de toutes choses dépend-elle donc de ce don qui nous échoit ou dont on est privé sans raison ? L'intelligence ne nous éclaire-t-elle qu'à la condition d'être alimentée par la grâce ? Peut-être les idées, les raisonnements, les projets, les initiatives nous sont-ils glissés dans l'esprit comme un murmure chuchoté à l'oreille. L'orgueil des intellectuels pourrait n'être qu'une posture frauduleuse, que le silence fait complaisamment sur l'aide reçue d'une main anonyme, que l'appropriation illégitime d'une création reçue d'ailleurs. Le souffle de l'inspiration fait de l'artiste un récipiendaire, un débiteur de Dieu, un simple lieu de passage, un aboutissement qui se prétend une origine. Il fallait être ici, dans ce lieu protégé, pour parvenir à cet étrange état de disponibilité, de réceptivité, de proximité avec l'innommé.

Théo sourit à l'idée que ce qu'il ressentait pourrait correspondre à l'enthousiasme, à la présence d'une force divine mystérieusement insinuée dans l'être humain. Fallait-il croire que son prénom le prédestinait à cette proximité ? Ce clin d'œil accompagna une brutale redescente dans l'ordinaire des jours. Sans qu'il sût trop pourquoi, il sentit qu'il fallait maintenant partir, retourner dans l'arène de l'histoire, donner corps à l'impulsion encore inexpliquée qu'il avait reçue ici. Il revint à sa chambre, rassembla ses affaires et prit le chemin de la sortie. Il regardait les jardins et les bâtiments avec une sorte d'affectueuse reconnaissance, comme si c'était à eux qu'il devait le surplus de vie dont il se sentait désormais chargé. En arrivant devant l'atrium, qu'on avait construit à l'arrière de la porte monumentale dont on ne se servait plus, Théo eut une sorte de réticence à poursuivre un mouvement qui s'était pourtant imposé comme une évidence. Il faillit rebrousser chemin, mais il était trop tard ; le frère portier, attentif à tous les frémissements du monde, avait déjà ouvert la poterne pour le laisser pénétrer.

« Tu n'as pas l'air bien sûr de ton affaire, mon frère. Je t'ai observé par le judas. Plus tu approchais, plus ton pas se faisait lourd et hésitant. Tu veux vraiment partir ?

– Tu as raison. Je n'en suis pas certain », répondit Théo.

Après un silence il ajouta :

« Crois-tu que je pourrais revoir le père confesseur, juste un court instant ?

– Si tu as péché depuis que tu as vu le père hier, il vaut mieux aller chercher une nouvelle absolution avant de partir, dit le portier avec un clin d'œil. Je vais voir ce que je peux faire pour toi », précisa-t-il, manifestement heureux de cette occasion de prendre un peu d'importance.

Le moine se dirigea vers la minuscule emprise, grande comme une guérite de sentinelle, où on lui avait aménagé un bureau.

« As-tu pris ton quitus ?

– Non, répondit Théo. Je paierai ce que je dois entre tes mains tout à l'heure, ou maintenant si tu préfères.

– Non, mon frère. Tu dois t'acquitter auprès du père hôtelier. Moi, je ne suis que le planton. Je vise l'exeat, mais ne le délivre pas. Je suis le poinçonneur du métro, à l'ancienne.

– Sauf qu'à ta station il n'y a pas grand monde, dit Théo en riant.

– C'est vrai, dit le moine. Si tu savais comme je le regrette ! »

Il saisit ensuite le téléphone, auquel il resta accroché plusieurs minutes sans rien dire. Théo se demandait s'il ne mimait pas une attente pour faire durer un compagnonnage qui brisait heureusement sa solitude. Il revint enfin, le visage rayonnant, visiblement heureux d'annoncer une bonne nouvelle :

« Le père confesseur te fait dire qu'il t'attend. Il te recevra dans un petit quart d'heure et ne pourra t'accorder que quelques minutes. Tu peux laisser ton sac ici, si tu veux. »

Le moine avait ouvert la petite porte et Théo s'éloignait déjà sur la grande allée.

« Pense à revenir avant 18 heures, dit le frère portier en haussant le ton. Après je ferme boutique et tu ne me retrouverais pas. »

Théo reçu ces mots comme l'expression d'une attention amicale qui dépassait le message pratique. Il se retourna et acquiesça de la tête avec un sourire.

« Merci de me recevoir à nouveau, mon père », dit Théo en entrant dans le bureau.

L'autre chassa le propos d'un geste de la main qui signifiait clairement qu'il n'attachait aucune importance au formalisme convenu d'un propos de délicatesse.

« Je vous trouve un air serein que vous n'aviez pas hier. Je fais erreur ?

– Non, c'est vrai, mon père. Je vous ai obéi et cela m'a fait du bien. Mais une interrogation me poursuit ; elle tient à vos propos. Les symboles, disiez-vous, n'ont pas d'importance ; ils ne sont que des moyens d'approcher l'indicible. L'idée est simple et claire, mais elle s'ouvre sur un gouffre : comment faire le départ entre le support sans valeur et l'élément essentiel ? Le risque est de ne jamais rencontrer que des symboles. Chaque progression pourrait n'être que la découverte de l'absence d'intérêt de ce en quoi je croyais hier. Le cours de la vie deviendrait ainsi une avancée destructrice. Comment admettre que quoi que ce soit puisse être un objet de foi, si tout ce que je révère n'est qu'un demi-mensonge qui me rapproche au mieux d'une vérité insaisissable, toujours placée plus loin ?

– Je suis heureux et même soulagé que vous soyez venu me revoir », dit le prêtre avec une crispation d'inquiétude sur le visage.

Théo observa qu'il ne l'appelait plus mon fils, comme s'il avait renoncé à la supériorité vaguement condescendante de celui qui sait.

« Lorsque j'ai repensé à notre échange d'hier, j'ai eu le sentiment d'avoir abusé de votre capacité à comprendre. Je savais que vous étiez universitaire et que certaines approches difficiles vous étaient familières. L'abstraction n'est pas ouverte à tous et il arrive, quand on est entre soi, qu'on néglige de préciser sa pensée, parce qu'on craint de ne pas y parvenir et d'être indigne de la confiance dont l'autre vous a investi. Alors, on jette à son interlocuteur un paquet de concepts, en vrac, sans vraie cohérence, au prétexte qu'il saura quoi en faire. Ce stratagème permet aussi de masquer sa propre impuissance. Je vous parlais du cheminement vers l'indicible ; comment voulez-vous que je me sois montré précis ou même cohérent ? Il y a deux modes de connaissance : l'accès direct et positif à quelque chose de déterminé et l'approche hésitante et négative de ce qui n'est ni ceci ni cela. »

Il s'arrêta, visiblement pour reprendre intellectuellement son souffle.

« J'ai bien compris, dit Théo pour laisser à son interlocuteur le temps de réfléchir, que le symbole ne vaut que par l'approche qu'il permet ; qu'il ne doit pas être pris pour une valeur en soi ou pour un aboutissement, mais pour un point d'appui sur le chemin de la vérité.

– Oui, c'est bien cela, répliqua le moine avec un petit rire gêné. Je n'ai pas douté un instant de la clarté pour vous de mon propos. Mais s'il fallait passer sans repos d'un symbole à l'autre, comme on sauterait d'une pierre à l'autre pour traverser un fleuve dont la rive opposée ne cesserait de s'éloigner, il n'y aurait jamais de point d'arrivée, jamais de vérité, jamais d'objets ou d'idées en quoi l'on puisse croire. »

Théo le regarda en acquiesçant. C'était précisément sa question. Si la foi ne peut trouver d'objet digne de sa révérence, si toute vérité n'est que temporaire, si les textes sacrés ne sont qu'un roman fondateur, qu'une légende de rassemblement, que des évocations du lointain, comment sortir du scepticisme, où trouver le courage déraisonnable de s'engager dans une lutte perdue d'avance ? Comment surmonter le désespoir de Sisyphe ?

« Nous sommes contraints par l'intelligence à l'ambiguïté, reprit le père. L'homme simple croit en la sacralité de l'église, du calice et de l'hostie. D'autres voient dans ces objets une référence, une signification abstraite, une exhortation à passer à autre chose. Mais ce n'est pas une raison pour mépriser le culte, les lieux où il se déroule ou les objets qu'on y emploie. Les choses ordinaires, trop prosaïques pour qu'on y accroche notre foi, sont des rappels nécessaires. Dieu n'est contenu dans aucune pratique, mais celles qui nous rapprochent de lui participent de son être mystérieux. C'est à ce titre que nous les honorons sans déchoir. L'intellectuel que vous êtes considère que la piété des humbles ressemble à un paganisme qui n'est pas fait pour lui. Vous poursuivez une abstraction pure, si pure qu'elle est inaccessible, et vous le savez. En ce sens, vous êtes plus démuni que l'homme qui ne soupçonne rien de ce qui vous obsède. Regardez-le, cet homme simple. Il se pourrait bien qu'il vous désigne la voie à suivre. Il sait, lui, que ce n'est pas le diable mais Dieu qui est dans les détails de ce monde. Notre condition humaine, universellement partagée, nous oblige à renoncer au succès d'une ascension vers la vérité, qui, nous le savons, ne peut aboutir.

– L'idée d'une transcendance que je pourrais aimer, de valeurs éternelles dont je tenterais d'inscrire le reflet dans l'histoire, n'est-elle donc qu'un schéma commode et ridicule ? L'image que je me fais des entités métaphysiques n'est-elle qu'un rêve ? Au mieux s'agirait-il d'un état temporaire de Dieu dont la forme changerait le temps que je l'aperçoive ? Suis-je condamné à choisir pour modèles des références que je sais illusoires ? questionna amèrement Théo.

– Il y a du vrai dans tout cela, dit le prêtre, et je comprends votre révolte, mais vous ne devez pas en faire la raison d'un désespoir ou la justification d'un abandon de la foi. Croire, c'est aussi renoncer à une forme figée de la vérité ; c'est accepter de s'inscrire dans un curieux mouvement de référence à l'inconnu qui se donne et se refuse à la fois. Il n'y a pas d'accomplissement définitif ; l'espoir suppose que tout reste toujours encore à accomplir. Chacun de nous ne peut espérer gravir que quelques marches sur l'escalier du devoir. La beauté d'une vie est de se rapprocher de l'éternel, même de façon dérisoire. Notre mission n'est pas de découvrir Dieu, comme des explorateurs exhumeraient un temple enseveli dans la jungle, mais de faire quelques pas sur le chemin qu'il nous désigne. »

Théo hocha la tête avec modestie, comme pour s'excuser d'avoir voulu s'approprier orgueilleusement des valeurs hors d'atteinte.

« Je sens que vous êtes déçu », dit le moine après un moment de silence. Il s'exprimait avec une gravité à laquelle se mêlait un peu de tristesse. On eût dit que le désappointement de Théo était un peu le sien. « Je ne peux faire plus pour vous, si ce n'est vous rappeler qu'il y a le souverain Bien, auquel on n'accède pas, mais aussi tous ses avatars, qui procèdent de lui et dépendent de nous : l'aide qu'on apporte au plus faible, le combat du mal, l'instauration de la justice. Je vous le disais hier, il y a bien des formes de prières. Certaines se confondent avec l'histoire. Pour le reste, nous devons nous résoudre à vivre comme les simples. Nous n'avons pas d'autres moyens qu'eux. Nous sommes même plus dépourvus, car nous inclinons au doute quand nous sommes confrontés à l'objet ou à la narration qui les comble. N'envions pas pour autant la simplicité. Nous n'y retournerons plus. Elle n'est pas faite pour nous, mais elle nous dit le mérite de l'humilité. *Credo quia absurdum*. »

Le père s'agenouilla en entraînant fermement Théo par le bras et ils récitèrent ensemble le Notre Père. Quelques instants plus tard, ils se quittaient sans un mot en se serrant la main avec chaleur.

4

Le retour à la vraie vie

Sur la petite route qui le reconduisait à Sablé, Théo hésitait entre l'insatisfaction et la gêne. Les deux jours qu'il venait de passer au monastère l'avait aidé, même s'il n'en tirait pas encore de conclusions très claires sur ce qu'il devait penser, dire ou faire. C'était un sentiment bien étrange que cette assurance sereine, dépourvue de toute détermination précise. Il était comme habité par la certitude qu'il saurait désormais comment réagir, qu'il ne serait plus ni dans l'inconfort de celui qui ne sait ce qu'il doit faire, ni dans la soumission de celui qui se laisse conduire, par révérence et par faiblesse. Quelque chose comme la légitimité du droit de choisir sa vie s'était installée en lui. Il ne voyait pas pour autant quel choix il allait faire. Il y avait du ridicule dans cette aplomb nouveau.

Avant d'entrer dans Sablé, Théo se retourna. Il voulait jeter un dernier regard sur l'abbaye, avant qu'elle ne soit hors de portée. On avait déjà du mal à distinguer les bâtiments. L'œil n'atteignait plus que les hautes murailles qui, comme un vestige d'orgueil, surplombaient la rivière. C'était l'image de la chrétienté : une force dominatrice, encore impressionnante, comme le sont les ruines qui témoignent d'un passé glorieux. Théo savait qu'il venait de là-bas. C'était son terroir, le cœur de ses origines, la source de ses références. Il aurait pris pour un sacrilège l'idée de combattre les serviteurs du Christ ou même seulement de se démarquer d'eux au point d'apparaître comme un désaveu vivant. Il ne pouvait qu'avoir de la reconnaissance pour l'Église, cette protectrice fidèle qui, de loin en loin, l'accueillait, le consolait, le nourrissait sans lui demander compte des longues périodes pendant lesquelles il l'avait oubliée. On ne rompt pas avec sa mère ; il arrive tout au plus qu'on prenne avec elle de la distance, pour se donner l'illusion qu'on ne dépend que de soi. Mais pourquoi fallait-il, après des années de rupture ou du moins d'éloignement, que la religion eût les mêmes exigences de renonciation à la raison, d'abdication de la réflexion, d'aveu humiliant de la faiblesse humaine ? Le père confesseur avait-il fait preuve de sincérité ou de stratégie en laissant croire à Théo que leurs parcours étaient semblables ? Le seul moment de vérité était-il dans ce Notre Père final que Théo avait vécu comme une apothéose de la démission, mais aussi comme un moment magnifique de fraternité dans l'impuissance ? Existait-elle vraiment, la voie médiane entre le reniement et la soumission ? Pourquoi ne serait-on pas un mauvais catholique, un déviant, un demi-schismatique ? Se définir par rapport à une appartenance, même avec quelques restrictions, c'est encore faire allégeance à un humus fondamental dont on admet procéder. N'a-t-on pas trop longtemps cru qu'un culte était un ensemble d'affirmations péremptoires mises en musique par un rituel intangible ? L'exercice par l'Église d'un pouvoir temporel sans partage ne l'a pas habituée au compromis. Aujourd'hui elle régresse si violemment qu'elle pourrait bien passer de l'arrogance à l'esprit de conciliation. Un peu de faiblesse aide à se faire aimer.

Voyons les choses simplement, se dit Théo. La religion de mon enfance est un langage que je connais bien et que je sais parler ; elle est le discours forgé par l'histoire d'un peuple qui cherche à percer les mystères de la vie et de la mort, du temps et de l'éternité, du bien et du mal. Je parle chrétien, mais je ne vais pas me laisser submerger par les exigences grammaticales ; je prendrai des libertés avec le classicisme de l'idiome. Une langue est faite pour évoluer. Je cherche l'être, ils cherchent Dieu, il n'y a sans doute là qu'une différence négligeable de vocabulaire. Et il reprit sa route.

Il était clair qu'il devait maintenant passer à autre chose, mais un scrupule l'en empêchait. Il était redevable à l'Église de l'appui qu'il prenait sur elle et la seule reconnaissance dont il se montrait capable était la vision résignée qu'il avait de son anachronisme et de sa disparition programmée ! Il arrivait à Sablé et s'imposa, comme un pari absurde, de trouver le moyen de manifester sa gratitude avant d'entrer dans la ville et d'être happé par le monde profane. La religion était donc un langage, une langue maternelle, celle qu'on n'oublie jamais, celle dans laquelle on pense, on rêve, on espère, on a peur. Elle est une partie de soi, comme d'autres références qu'on se plaît à honorer ; elle est la culture qu'on n'hésite pas à défendre ; elle est son identité et celle de son pays. Elle n'a pas un droit à être hébergée au sein de la nation, elle mérite bien plus qu'une banale tolérance ; elle est une part fondatrice de la cité, un pilier de notre monde et de notre pensée que saluent même ceux qui prétendent la haïr. Théo, en égrenant cet hommage en silence, se considéra bientôt quitte de son obligation.

Quand il aperçut la petite gare de Sablé, Théo hésita entre la surprise et l'émotion. Le bâtiment semblait venu d'un autre âge dont il portait encore la trace. Il témoignait d'un effort sincère pour s'adapter à la modernité, mais les frontispices décorés de sculptures et les grands bancs de bois à l'intérieur faisaient attendre le sifflet du chef de gare et les nuages aveuglants de la machine à vapeur. Il y pénétra avec confiance. Ce ne fut qu'en voyant le guichet qu'il se remémora la virago de la gare Montparnasse. Le sourire accueillant de la jeune femme, plutôt jolie, qui se tenait derrière l'hygiaphone, confirma qu'on était loin ici de l'agressivité urbaine. Elle parut heureuse de la sollicitation qu'annonçait l'arrivée d'un voyageur et se montra prête à le servir avec empressement. Maladroitement, Théo souligna la difficulté réglementaire en demandant avec un air coupable :

« Est-il possible que vous me délivriez un billet pour Paris, s'il vous plaît ?

– Je voudrais bien, mais cela m'est interdit, du moins si je prends votre demande à la lettre », répondit la préposée avec une nuance de complicité dans le regard.

Théo, surpris, ne répondit rien. Elle comprit qu'il n'avait pas saisi ce qu'elle voulait lui dire.

« Je vous explique. Nous ne pouvons vendre de titre de transport pour une destination à plus de 200 km, sans entrer dans les vérifications du droit au déplacement des citoyens. Le Mans-Paris fait un peu moins de cette distance, mais, en y ajoutant la distance Sablé-Le Mans, on entrerait dans la zone de complication administrative.

– Vous voulez dire qu'un billet Paris-Le Mans est en vente libre ? demanda Théo qui se souvenait des difficultés soulevées à Paris par l'horrible guichetière dont la méchanceté se confirmait.

– Quand on approche de la distance réglementaire des 200 km, c'est à la discrétion de l'agent. C'est normal ; il faut éviter qu'un individu échappe aux restrictions de mobilité en additionnant les sauts de puce de 190 km.

– Oui, je comprends », dit Théo, qui prit le propos pour un refus aimablement exprimé. Il allait se retirer et songeait déjà à trouver un autre moyen pour regagner Paris.

« Attendez ! dit la jeune femme en affectant un agacement que démentait son sourire, vous ne m'avez pas l'air d'un homme dangereux. Je vais vous vendre un billet Sablé-Le Mans – le train part dans une demi-heure – et dans dix minutes je vous vendrai un Le Mans-Paris. Pour ce type de trajet, le relevé d'identité n'est pas requis et rien ne permettra de dire que ces deux ventes concernaient le même voyageur. Mais il faudra penser à jeter discrètement votre premier billet en arrivant au Mans. Si notre petit arrangement se révélait, nous pourrions, vous et moi, avoir de gros ennuis.

– Je vous remercie très sincèrement, dit Théo stupéfait. Mais, si un quelconque inconvénient devait pour vous s'ensuivre, je ne me pardonnerais pas d'en avoir été la cause. Pourquoi me témoignez-vous tant de sollicitude ?

– Vous avez l'air si perdu », dit la jeune femme en rougissant de l'audace de son propos.

Il la regarda avec une intensité qui ajouta à sa gêne, paya son billet et alla attendre sur un banc le moment du second achat. Il y avait donc encore des êtres qui conservaient assez de liberté pour s'émanciper de la férule d'une règle absurde, se dit Théo, qui n'avait jamais mesuré le pouvoir de séduction qu'il exerçait sur les femmes.

Peut-être pour occuper le temps d'attente, il commença un lent tour d'horizon, cherchant du regard quelque chose qui pût mériter son attention, occuper son esprit, donner valeur à l'instant. Il n'est pas rare qu'entre deux moments de vie se glisse une sorte de temps mort, un entre-deux plein de vide, l'échantillon effrayant d'une éternité immobile, silencieuse et stupide. Rien ne retint son intérêt. Seul le buste immobile de la guichetière, encadré par l'armature du comptoir, semblait porteur d'un sens qu'il ne perçut pas immédiatement. C'était une discrète explication de son rapport aux autres : un défilé de personnages tenus à distance, sans souci de percer ce qu'ils étaient vraiment ; une écoute de ce qu'ils avaient à dire, sans besoin de leur répondre ; une solitude bien gardée, respectée comme un devoir de bienséance ; des échanges d'autant plus aisément courtois qu'ils se déroulaient dans l'indifférence et dans la certitude de la fin imminente d'une rencontre accidentelle. S'il n'y avait pas eu Léa, il aurait pu imaginer n'être qu'une ombre, un spectre, une illusion traversant le monde des vivants.

Quatrième partie : l'avenir n'appartient qu'au hasard

1

Léa réapparaît

Parvenu à l'arrêt de l'autobus, Théo sortit son téléphone portable et le remit en marche. Il avait pris des précautions de Sioux pour cacher son escapade. Il ignorait à quelles sanctions précises il s'était exposé en bravant l'interdiction de voyager. Peut-être que la restriction de la vente de billets de train n'était qu'une mesure dissuasive pour inciter les plus dociles à rester chez eux. Dans le doute mieux valait éviter de se faire géolocaliser en laissant son mobile en service. Il est vrai qu'à deux ou trois reprises, au monastère, il n'avait pas résisté à la tentation de vérifier si Léa s'était manifestée, mais la manœuvre n'avait duré que quelques secondes, trop peu pour qu'on le repère, se persuadait-il pour se rassurer. Il y avait aussi sa rencontre avec le juge Martineau, mais ce dernier n'était pas assez mesquin pour se préoccuper d'une infraction de si peu d'importance. Un bref tintement annonça un message : « Où es-tu ? », demandait-elle. La question ne trahissait rien de son état d'esprit, mais l'essentiel était qu'elle se préoccupât de lui. Il fallait lui répondre, montrer par une réaction immédiate l'importance qu'il attachait à tout ce qu'elle disait, mais sans qu'elle puisse ressentir les mots comme une atteinte à sa liberté. « J'attends un bus, je serai chez moi dans vingt minutes. » On ne pouvait pas faire plus neutre et plus disponible à la fois. « Je te rejoins », répliqua-t-elle sans même imaginer qu'il aurait pu ne pas être libre pour elle. Théo aimait qu'elle fût certaine de son pouvoir et consciente de la priorité qu'il ne manquerait pas de lui accorder.

Le trajet lui sembla interminable. La circulation était fluide, mais le bus progressait avec lenteur. À chaque station, un voyageur montait ou descendait. On aurait pu croire à une conspiration pour qu'aucune halte ne lui soit épargnée. Il allait retrouver Léa assise sur les marches de l'escalier, ce qui ne serait pas le meilleur prélude à leurs retrouvailles.

Dès qu'il eut constaté avec soulagement que Léa n'était pas encore arrivée, l'attente commença. Théo était incapable d'entreprendre quoi que ce soit. Il était figé dans son impatience ; il n'aurait pas même pu affecter de s'intéresser à une occupation mécanique qui mobilise le corps sans requérir l'esprit. Il avait jeté son sac dans un coin et vérifié à la hâte que l'appartement était à peu près en ordre. La bonne tenue des lieux était un sujet important pour lui et il acceptait les contraintes qu'imposait cette exigence. Depuis toujours Théo s'efforçait d'écarter l'idée que certaines tâches étaient indignes de lui. Au début, ce risque avait été neutralisé par une forme de rite d'humiliation, par un culte de la contrainte qu'on prend souvent pour la vertu, par une lutte constante contre ce curieux orgueil qui hiérarchise les devoirs. Puis l'habitude s'était installée sans qu'aucune justification ne fût plus nécessaire. Le dédain pour l'effacement des traces de calcaire dans la salle de bains avait été remplacé par le plaisir du devoir accompli. Mais le risque demeurait d'un retour à l'indifférence et d'une révolte propulsée par une bouffée d'orgueil. Pour ne pas s'autoriser l'oubli de ces missions ancillaires, il n'y avait pas d'autre formule que de les relier à une contrainte mystérieuse, à un ordre reçu d'en haut, à un impératif qu'il eût été coupable de discuter, à un hommage rendu à un symbole, aurait dit le père abbé. C'était à se demander si la référence à l'au-delà n'avait pas pour fonction principale de dynamiser un enthousiasme, toujours prompt à s'éteindre, devant les petits devoirs.

Quand la sonnette retentit, Théo ouvrit dans la seconde. Il eut à peine le temps de discerner son regard. Était-il rieur ou grave ? Il n'aurait su le dire. Elle s'approcha si près qu'il n'eut qu'à refermer les bras sur elle. Il esquissa un mot, elle leva la tête, plaqua ses lèvres sur sa bouche en lui disant : « Tais-toi », sur un ton impératif et tendre. Un désir irrépressible envahit leurs corps, qui roulèrent bientôt dans une délicieuse dérive qu'ils ressentirent comme l'explosion légitime d'une vérité inaccessible aux mots. Quand ils furent apaisés et qu'une tendre douceur eut pris la place de la tempête, Léa se blottit contre Théo et, sans le regarder, comme pour elle seule, dit : « J'avais besoin de réfléchir. » Il l'embrassa et répondit, ému et amusé : « Ta réflexion me plaît beaucoup, mon amour. » Ils savaient désormais l'un et l'autre qu'ils constituaient une entité, une force, une puissance qui les rendaient capables d'affronter le monde.

2

Faut-il analyser l'amour ?

Au matin, Théo s'était levé avec une prudence de chat pour ne pas éveiller Léa. Elle dormait avec légèreté, comme si elle refusait de s'abandonner à la pesanteur du sommeil. Elle gardait une paradoxale maîtrise, un air de dignité dominatrice que l'inconscience n'effaçait pas. Théo était émerveillé et heureux de sentir que son admiration était juste. Il ne savait pas trop si sa fascination était due à la beauté de Léa ou à un lien inexplicable et profond qui l'arrimait à elle. Que valait cette certitude d'appartenir à la même entité et de réparer dans l'amour une cassure ancienne et diabolique ? Ce n'était peut-être que la déformation du réel par la réminiscence de quelque fable antique, que l'invention d'un artifice pour conjurer la peur d'une vie faite de hasards misérables qu'on prend pour un destin. Si le présent n'a pas été écrit, si chacun de nos jours n'est pas le déroulé d'un roman achevé, va-t-il falloir admettre que nos sentiments les plus forts ne sont que des accidents qui auraient fort bien pu ne jamais advenir ? Était-il concevable que Léa ait pu ne jamais croiser sa route ? Nos engagements ont besoin de reposer sur un socle plus solide que nos seules inclinations. Il nous faut apercevoir dans nos choix un je-ne-sais-quoi d'inexorable qui ressemble à l'éternité, une trace de la volonté de Dieu, une virtualité métaphysique qu'on aurait mission d'inscrire dans le temps. Théo fut tout à coup envahi par le doute et une sourde suspicion à l'égard de lui-même. Il avait de longue date pris l'habitude de soumettre l'évidence au scepticisme, par précaution, pour ne pas se laisser submerger par la passion. Il appelait la méthode : doucher l'enthousiasme. Après tout, rien ne prouvait que sa vision de l'union des corps dictée par la transcendance n'était pas l'habillage d'une banale pulsion hormonale. Faire d'une érection une sorte d'expression physique de la prière neutralisait toutes les culpabilités qui collaient au désir. C'était commode, décoratif, mais peut-être tout à fait illusoire. Ce questionnement, pour beaucoup, se serait conclu par un éclat de rire. Mais, pour Théo, le doute qu'il s'imposait ainsi avait un effroyable parfum de sacrilège.

Les femmes n'avaient jamais été pour lui une occasion de plénitude. Il suffisait qu'une possibilité raisonnable de rapport charnel existât pour qu'une lourde gêne l'envahît. Pour peu qu'il passât à l'acte, il était accablé par un irrépressible sentiment de faute dont la violence excluait qu'il fût sans raison. Les gestes de l'amour devenaient des mensonges, des caricatures, des profanations. Il ressentait bientôt du dégoût à les accomplir et ne savait plus comment arbitrer entre le corps qui voulait aller jusqu'au bout du parcours et l'esprit qui lui ordonnait de s'arrêter là. Ce déchirement avait donné lieu à un certain nombre de Bérézina sexuelles qui lui avaient peu à peu désigné l'abstinence comme un refuge apaisant. Puis il y avait eu Léa et tout avait changé. Il aimait son corps, son visage, sa façon d'être, cette autorité forte exprimée avec douceur, cette fierté sensuelle, cette façon de s'offrir en gardant le pouvoir de décider du moment où il pourrait la prendre. Avec elle, il ne ressentait aucune réticence, aucune méfiance envers le désir. Il était à tout moment relié à elle, même à distance. Quand il la pénétrait, c'était un peu comme une redondance, comme l'apogée d'un état permanent, comme un rite d'hommage à un lien plus secret qu'il fallait honorer pour qu'il ne s'évanouît pas. C'était peut-être tout simplement l'amour. Mais ce constat l'inquiétait : comment résisteraient-ils au temps, à la vulgarité des jours et des autres ? Cette étrange harmonie, où l'altérité s'estompait dans une unité surnaturelle et mystérieuse, n'était probablement qu'une folie passagère ? Cette perfection n'était peut-être que le produit de l'habitude, du rodage des corps ?

Il était vrai que Théo n'aimait pas le changement, mais ce n'était pas par étroitesse d'esprit ni rejet de la nouveauté. Il rêvait d'une vérité indiscutable, éternelle, dont la majesté eût interdit toute évolution qui n'aurait pu être que dégénérescence et profanation. Il fallait bien admettre que tout ce qui vit est destiné à changer, à se corrompre, à ne plus ressembler à rien, à disparaître. Avec le temps, l'identité des êtres et des choses devient un incontournable mensonge. Comment croire que ce vieillard décrépit fut un jeune homme beau et vigoureux ? Théo s'interrogea : son amour pour la permanence, pour l'intemporalité statuaire de ce qui ne vit pas, n'était-il pas une sorte de préférence pour la mort ? La gravité de la question, parfaitement insoluble, était telle qu'elle lui parut artificielle, dérisoire, et qu'un ricanement lui échappa. Il arrivait souvent que le décalage entre sa réflexion et la vie ordinaire le conduisît à une impression de ridicule. C'était toujours mieux que le désespoir !

Il continuait de regarder Léa endormie, nue et souveraine. Ce qu'il ressentait était trop fort, trop ardent pour n'être qu'une inclination médiocre pour ce qui ne change pas. En elle, il retrouverait toujours ce noyau inaltérable de beauté que les années allaient cacher aux yeux des autres.

3

Une mise au point

L'été avait installé un doux engourdissement. Léa s'abandonnait délicieusement à l'amour. Tout aurait pu paraître serein et voué au bonheur. Pourtant, Théo ressentait le besoin de chasser une ombre :

« Nous n'avons pas reparlé de cette fâcheuse expérience à Vaugirard, risqua-t-il un jour sur le ton timide et gêné de celui qui évoque un sujet tabou.

– Tu crois ? » répliqua-t-elle enjouée et un brin ironique. Puis, percevant le malaise de Théo, qui ne savait comment interpréter sa réponse, elle poursuivit : « Ce qui s'est passé là-bas n'a pas beaucoup d'importance. Ce qui aurait pu en avoir, c'est que je t'en rende responsable. Je me suis d'ailleurs interrogée sur ton degré d'implication dans cette sinistre mascarade. Je crois y avoir répondu clairement hier, les jours précédents et cette nuit encore.

– Tu veux dire que tu m'as pardonné ?

– Oui et non. On ne pardonne qu'au coupable et je ne pense pas que tu le sois vraiment. Tu as toute ta vie poursuivi l'excellence. Cela a commencé dès l'école, avec le prix du même nom que tu as obtenu chaque année, sauf une fois où tu as été deuxième et conduit au bord du désespoir. Puis ce fut Normale Sup, l'agrégation, le doctorat et maintenant la Sorbonne. Cette aptitude à la compétition – on pourrait même dire cette obsession de la reconnaissance – n'est pas neutre. Tu as besoin de plaire pour avoir le sentiment que tu as réussi ta vie. Tout naturellement, ton désir de bien faire te conduit à un certain conformisme, à une forme de soumission. C'est dans le regard de l'autre que tu lis ce que tu es, ce que tu vaux et aussi, inévitablement, ce que tu dois faire ou penser. L'autorité, quelle qu'elle soit, sent immédiatement que tu attends son approbation et perçoit que tu peux aisément devenir son jouet. Ne proteste pas. Tu n'as aucune inclination à la révolte et l'idée d'être un proscrit, un réfractaire comme ils disent, te rend malade. La question que l'on peut se poser est de savoir jusqu'où tu pousserais la complaisance pour être reconnu, approuvé, distingué. Ne blêmis pas, mon propos n'est pas négatif : l'illuminé qui détient la vérité, seul contre tous, doit être insupportable d'arrogance. Parmi les bénéficiaires autoproclamés de révélations diverses, certains, il faut le reconnaître, ont changé la face du monde ; mais à quel prix ? Pour te dire le fond de ma pensée, je ne serais pas ravie d'être amoureuse d'un inspiré qui affronterait la société sabre au clair et nous inscrirait dans la marginalité et la détestation générale. En ce sens, ton conformisme est rassurant.

– Oui, rétorqua Théo pensif, tu me voudrais héroïque, mais paisiblement, sans que mon goût de la nouveauté – difficile à déceler, je l'admets – ne t'expose le moins du monde à l'incertitude du lendemain.

– La juste mesure est toujours difficile à trouver, dit Léa, consciente de cacher ses contradictions dans une généralité. Je suppose que devant l'horreur, l'inadmissible, l'insupportable, tu aurais un sursaut.

– Tu n'as pas l'air d'en être certaine », dit Théo en faisant mine de s'en amuser. Il hésitait entre l'indignation devant un discours injuste et l'angoisse que faisait monter la découverte brutale d'un versant inconnu de lui-même.

« Va savoir ! répondit-elle avec un regard rieur qui atténuait à peine le poids de ses soupçons. Je crois qu'à nous deux, on pourrait arriver à quelque chose. Je sais maintenant qu'il faut que je regarde la route et que je te signale les pièges et les impasses que tu serais bien capable de prendre pour la voie principale. »

Il y eut un silence de quelques secondes ; chacun envisageait avec crainte la menace du gouffre ouvert par le discours de Léa. Elle reprit en regardant au loin, comme si elle ne parlait qu'à elle seule :

« Je ne te vois pas plonger dans des histoires sordides pour servir un quelconque intérêt. Ce ne serait pas compatible avec l'idée que la morale t'oblige à avoir de toi-même. Mais l'éventualité que tu ne débusques pas la perversité d'un autre et que tu deviennes sa victime ou son instrument est à mes yeux un vrai danger. Voilà pourquoi tu as besoin que je sois ton poisson-pilote. Vaugirard est oublié, ajouta-t-elle tendrement en passant ses bras autour de la taille de Théo, mais je me méfie de la suite. »

Pensif, un peu penaud, car il sentait confusément la pertinence du propos, Théo demanda :

« Tu penses que je suis nul ? socialement inadapté ? »

Théâtrale et avec un large sourire, elle répondit :

« Pire que cela, mon chéri. Tu es pur ! »

4

La convocation

Léa était repartie chez elle quelques heures, le temps de prendre soin de son chat et aussi de montrer qu'elle occupait les lieux. Vivre au cœur de Paris était un luxe inouï et, si l'on avait su que deux célibataires apparents étaient en fait un couple, on n'aurait pas tardé à leur assigner un domicile commun pour récupérer le local de l'un d'eux et y installer quelque demandeur méritant, inscrit depuis des lustres sur une liste d'attente. À la mairie du XVe arrondissement, Léa avait prudemment déclaré qu'elle résidait chez ses parents, à quelques encablures de Paris, pour éviter qu'on réquisitionne son appartement et qu'on la prive d'une autonomie à laquelle elle tenait. Son mensonge aurait été facile à débusquer, mais la question n'avait intéressé personne.

Théo, ce matin-là, s'appliquait à faire régner l'ordre dans l'appartement. Il avait ainsi le sentiment de s'acquitter d'une mission et de ne devoir à personne le confort de sa vie quotidienne.

La gardienne avait beau venir faire un peu de ménage deux fois par semaine, cela ne permettait pas que tout fût tiré au cordeau comme il l'aurait voulu. Léa disait qu'il était obsessionnel, maladivement poursuivi par l'idée d'une organisation géométrique du monde que rien ne rendait légitime. Lui se savait adepte d'une perfection qu'on n'approchait que de loin et qu'on tentait de reproduire sans jamais l'atteindre. Il ne pouvait s'interdire cette recherche permanente, cette attirance pour la beauté de l'ordre qui, seule, donne à l'esprit le droit au repos. C'était curieux qu'une femme aussi élégante et soignée que Léa nourrît une indifférence militante pour l'organisation du lieu où elle vivait. Il y avait bien longtemps qu'on n'avait plus besoin de mépriser les tâches domestiques pour être reconnu comme une femme intellectuellement respectable. Théo repassait soigneusement le couvre-lit de la main pour en faire disparaître tout pli. Il était si accaparé par la besogne, qu'il sursauta quand la sonnette retentit. En ouvrant la porte, il découvrit l'air catastrophé de la gardienne : « Monsieur Théo, il y a un gendarme en bas. Il veut vous voir ; personnellement, il dit. »

Théo descendit lentement pour se donner le temps de réfléchir. Mais y avait-il vraiment matière à inquiétude ? On verrait bien ce que l'autorité lui voulait. Les quelques libertés qu'il avait récemment prises avec les restrictions de circulation n'étaient pas de nature à laisser entrevoir des poursuites bien graves ; elles seraient tout au plus préjudiciables à sa carrière.

Le motard salua Théo d'un geste militaire et déférent. Il contrôla son identité, lui remit un pli à l'en-tête du ministère de l'Intérieur en précisant : « Le cabinet de monsieur le ministre souhaiterait recueillir immédiatement votre réponse. » Après un rapide coup d'œil sur la missive, Théo lui dit : « Dites que j'y serai. » L'autre salua à nouveau avant de sauter sur son engin et de disparaître. C'est étrange, se dit Théo, cet homme qui sert avec ferveur une urgence dont il ne sait rien.

La gardienne n'avait pas perdu un instant de l'échange. Elle demeurait sur le trottoir, figée comme si elle s'était retrouvée sur la scène d'un théâtre sans savoir quel rôle elle devait y tenir. Théo sentit qu'il fallait la rassurer en replaçant l'événement dans l'ordinaire des jours :

« Vous voyez, Maria, il n'y avait pas de raison de s'inquiéter. Le facteur était à moto, mais c'était tout bonnement le facteur.

– Ça doit être une lettre bien importante », répondit-elle, admirative et rongée par la curiosité.

On lisait dans les remous de son sourire un appétit féroce, une brutalité contenue. Elle était prête à bondir, à s'emparer de la lettre pour enfin savoir. Elle se contint et son visage prit le ton grisâtre de la déception. Sans doute un peu honteuse de son avidité indiscrète, elle décida de conclure sur un ton affectueux : « Je savais bien que vous n'aviez rien fait de mal. » Théo se contenta de sourire, en songeant qu'aux yeux du peuple le respect du gendarme vous faisait honnête homme, comme son hostilité vous aurait condamné. L'idée qu'une institution puisse fonctionner à l'envers, que la vindicte sociale menace l'innocent ou que les honneurs couronnent un usurpateur n'était pas écartée par stupidité ou manque d'imagination, mais seulement par paresse. Il fallait que le monde fût conforme à l'apparence immédiate pour qu'on puisse vivre paisiblement, dans une demi-somnolence.

Théo remonta l'escalier encore plus lentement qu'il ne l'avait descendu. Que pouvait bien signifier cette convocation pour le jour même ? Pourquoi devait-il rencontrer le directeur de cabinet en personne, c'est-à-dire le vrai cœur du pouvoir, car le ministre avait surtout pour mission de serrer des mains et de répondre aux journalistes ? Pourquoi cette invitation cérémonieuse, s'il s'agissait de lui adresser des reproches ? Pourquoi l'appelait-on « monsieur le professeur », lui qui n'était encore que maître de conférences ? Toutes ces questions auraient pu susciter l'inquiétude, mais Théo se les posait avec amusement. Il se souvint avec attendrissement du mot d'un vieil ami disparu qui avait le sens des formules : « Méfions-nous de cette exquise courtoisie qui ne présage rien de bon. » Le cynisme du propos aurait pu le porter à la crainte, mais il ne parvenait pas à croire qu'il allait devoir affronter un véritable danger.

Au moins Léa n'était pas là et il pouvait espérer que tout serait réglé avant qu'il ne la retrouve. Cette absence évitait les supputations, les éventualités tragiques, les polémiques aussi. Elle aurait peut-être été partisane d'un refus de tout contact avec un pouvoir qui n'avait pas son estime. Théo l'imaginait s'opposer avec vigueur à toute décision qu'il inclinerait à prendre, tant elle était persuadée qu'il ne comprenait rien au monde qui l'entourait. Il n'était d'ailleurs pas éloigné de penser la même chose de lui-même. C'était inconfortable que de se soupçonner en permanence de préférences inopportunes, d'inclinations erronées, de choix à contre-courant du bon sens. Il faut un rien de confiance en soi pour ne pas sombrer dans une indécision chronique et apeurée. Tant qu'il s'agissait d'idées, Théo ne doutait pas un instant de son aptitude à faire face ; il se reconnaissait même une certaine virtuosité dans l'abstraction. Mais le fonctionnement de la société des hommes, c'était autre chose. Dans ce domaine, la plupart du temps, il avançait en aveugle et peinait à trancher le moindre dilemme. Il pouvait arriver qu'il reçoive une illumination, qu'une idée s'impose avec la force de l'évidence. Il était alors conquis par cette fulgurance, par ce scintillement de vérité. C'était à se demander si la réflexion avait un sens, si l'esprit humain construisait des raisonnements capables de faire advenir des conclusions fortes, si l'individu pouvait s'enorgueillir sans ridicule de ne devoir qu'à lui ce qu'il comprenait du monde. En vérité une puissante concentration, un peu de crispation mentale sur un objet conduisait moins à une réponse rationnelle qu'au surgissement inopiné d'une réaction inconnue. Comment était-il concevable que ce qui n'aurait dû être qu'une analyse s'apparente à un cheminement magique, à une révélation d'origine mystérieuse, au surgissement surnaturel du génie jusqu'alors enfermé dans la bouteille ? L'intelligence et le travail intellectuel méritaient, certes, le respect, mais, sans la chance ou la pitié de Dieu, de tels efforts auraient bien pu ne servir à rien.

Il fallait maintenant arrêter cette stérile agitation mentale. Le rendez-vous était dans trois heures. Les dés étaient jetés. Il ne restait plus qu'à faire confiance au destin.

5

Le directeur

Depuis qu'il était arrivé au ministère, Théo s'efforçait de dissimuler son ahurissement. Les choses avaient commencé normalement ; on lui avait demandé son nom et la raison de sa présence. Puis un jeune homme en civil, d'allure sévère mais au comportement affable, s'était présenté comme officier de police chargé de le conduire chez « monsieur le directeur ». Si ses premiers interlocuteurs ignoraient visiblement tout de lui, le jeune lieutenant avait été instruit de son importance. Il l'appelait « monsieur le professeur », le priait d'excuser par avance la légère attente que l'emploi du temps du patron allait lui imposer et passait devant lui en précisant cérémonieusement : « Pardonnez-moi, je passe devant vous pour vous montrer le chemin. » Il installa Théo dans un boudoir minuscule, à peine plus large qu'un corridor. Les murs étaient couverts de miroirs encadrés de moulures dorées. Surpris d'un tel décor dans un bâtiment plutôt austère, Théo y perçut avec une pointe d'amusement la trace désuète d'un élégant lupanar d'autrefois.

Il ne s'expliquait toujours pas la raison de cette convocation. Cette réception protocolaire ne pouvait être la conséquence des quelques libertés qu'il avait prises avec les interdits pesant sur les voyages. Alors, pourquoi était-il là ? La porte s'ouvrit plus vite qu'il ne l'aurait voulu. Il était impatient de connaître la clé du mystère, mais il aurait aimé disposer d'un temps de réflexion un peu plus long pour se préparer à recevoir avec sérénité l'explication qu'on ne manquerait pas de lui donner.

Un homme grand, large d'épaules, arborant un sourire carnassier, s'avança vers lui avec aisance. On le sentait à l'aise et rompu aux échanges avec ses semblables. Il était drapé, sans ostentation, dans la quiétude dominatrice des hommes de pouvoir. Il fit entrer Théo dans son bureau tout en commençant à lui parler, comme s'il reprenait un discours interrompu :

« Professeur, je suis ravi – et, je l'avoue, soulagé – que vous ayez pu répondre à mon invitation. Vous en aurez, j'espère, excusé le caractère cavalier. Trois heures de délai, c'est inhabituel. Heureusement que nous sommes en période de vacances universitaires, ajouta-t-il comme pour ramener à son juste niveau l'incongruité qu'il venait de reconnaître. Je lis de la surprise dans votre regard, poursuivit-il, et je le comprends.

Mais je crois aussi déceler un sentiment fait de crainte et d'une pointe d'animosité qui, je vous l'assure, n'a pas lieu d'être.

– Peut-être par conformisme ou amour excessif de la rationalité, je dois admettre que l'inexpliqué est chez moi créateur de malaise, dit Théo comme un enfant pris en faute.

– Vous imaginez bien que je n'ai pas organisé cette rencontre pour des motifs futiles, précisa le directeur en revenant à une certaine gravité. S'il s'était agi de vous parler de la gare Montparnasse, d'une escapade en auto-stop ou de l'abbaye de Solesmes, le jeune collaborateur qui vous a conduit ici eût été un interlocuteur suffisant. » L'œil du directeur se remit à sourire ; il était à l'évidence plus familier de la menace voilée que de la modestie mondaine. Il continua : « Vous me regardez comme si vous étiez surpris de mon propos. Nous savons tout, mon cher ; nous en savons même trop. Nous ne savons même plus quoi faire de ce que nous savons.

– Vous vous êtes donc intéressé à mon emploi du temps de ces derniers jours, conclut Théo sur le ton d'une surprise discrètement indignée.

– Vous êtes un littéraire et je comprends que l'état précis des sciences et techniques ne soit pas votre préoccupation principale. Nous ne sommes plus au début du siècle. Aujourd'hui les caméras enregistrent tout en tous lieux, les satellites confirment l'information et la reconnaissance faciale met en quelques instants un nom sur un visage ; les téléphones portables géolocalisent et les propos échangés expliquent le reste. Toutes ces données sont traitées, recoupées, synthétisées automatiquement. Là est le vrai progrès. Nous pouvons ainsi reconstituer à peu près tous les instants de la vie de chacun. Rassurez-vous, nous résistons à la paranoïa, nous ne sommes pas des maniaques de l'espionnage. Mais lorsque je dois recevoir quelqu'un, mes services me font un rapport – à toutes fins utiles – sur sa vie, sa manière de penser, les lieux et les êtres qu'il fréquente. Cet extrait existentiel, à bien y réfléchir, n'est pas plus indiscret que la note qu'on remettait autrefois à mes lointains prédécesseurs, qui étaient incapables de mesurer l'effet pervers de la subjectivité de l'enquêteur. Ce qui m'est transmis, ce sont des faits, pris sur le vif, sans erreur possible. C'est un peu comme si j'avais suivi des extraits de votre vie à la télévision. Je vous l'ai dit, c'est d'une facilité qu'on n'imagine pas, mais bien souvent cela n'apporte pas grand-chose. La pensée des êtres demeure un mystère ; les comportements visibles ne révèlent pas le fond d'une âme ; les discours eux-mêmes ne sont souvent qu'une image trompeuse, que l'illustration de ce qu'un individu a décidé de laisser voir ou entendre de lui-même. On ne peut plus se cacher dans la foule, ni parler en confidence.

Nous maîtrisons l'image et le son, mais l'intime nous échappe ; le jardin secret résiste. Et la masse de nos informations ne nous livre pas l'essentiel

– Alors à quoi bon… ? demanda Théo.

– Il suffit d'une fois, répondit le directeur, dont l'œil se mit à briller. Mille indiscrétions sans aucun intérêt et puis, tout à coup, la découverte d'une perversion insoupçonnée, d'une trahison inattendue, d'un crime qui aurait pu demeurer un mystère. Vous avez pu constater que nous vivons dans l'ordre, que la paix publique est partout et qu'on ne saurait nous reprocher d'être impuissants devant les fauteurs de troubles. Rien ne demeure impuni. Le plus souvent d'ailleurs, le projet criminel est étouffé dans l'œuf, à tel point que le citoyen croit que la paix est un état naturel de notre société et s'estime dispensé de toute gratitude envers la puissance publique. Il ignore quels efforts il faut déployer pour qu'elle s'impose. Mais cette tranquillité à un prix : il nous faut tout savoir, tout maîtriser, tout contrôler. »

Il s'interrompit un court instant comme pour jouir de son omnipotence. Son regard, un moment égaré dans la contemplation de l'universel, revint à Théo, qui se sentit l'impérieux devoir de réagir :

« Ne pensez-vous pas que cette suspicion généralisée est quelque peu nauséabonde, qu'elle ignore toute liberté individuelle et surtout qu'elle désespère de l'homme au point de ne pas envisager qu'il puisse se soumettre à une censure morale, à un code de l'honneur, au respect de valeurs qui sont inscrites au fronton de notre société ?

– Vous et moi n'avons pas la même fonction sociale. On me demande de maintenir l'ordre, pas de vénérer des abstractions. J'ai une obligation de résultat qui me dispense de rendre compte des moyens que j'emploie. Quant à l'inclination morale de l'individu, permettez-moi de penser qu'elle relève d'un préjugé que chaque jour dément. Votre idée de l'homme découle d'une conception idéale que vous essayez de rendre compatible avec la réalité, tandis que la mienne est modestement expérimentale, pragmatique. Je veux bien garder à l'esprit les vieux schémas éthiques de nos pères. Je n'ai pas oublié ces bonnes vieilles valeurs métaphysiques sur lesquelles nous étions tous supposés régler notre chemin. Mais tout ce bric-à-brac de catéchisme commence à dater. La chimère n'est pas seulement ce qui n'existe pas ; c'est aussi ce qui n'existe plus. Allez donc exhorter à un comportement déterminé au nom de Dieu ou d'une morale éternelle, ce qui revient au même ! On vous rira au nez. Les détails d'une vie honorable – vous voyez, je m'égare dans des références surannées –, disons, plus simplement, d'une vie souhaitable, sont faciles à déterminer. Ce qui est plus compliqué, c'est de trouver les fondements, les justifications de ces choix. Je disais honorable. Le mot n'est incitatif que si l'on sait encore ce qu'est l'honneur et surtout si l'on croit que c'est une référence désirable. Il en va de même du bien, j'entends de la distinction entre le bien et le mal. Ces qualifications répondent à une répartition des comportements qui renvoient à des catégories abstraites sous l'égide desquelles on les range. A-t-on encore aujourd'hui une vraie préoccupation et une vision précise du bien et du mal ? L'alternative, bien sûr, n'est pas complètement perdue. Il nous reste l'idée de ce qu'il faut faire et de ce qui doit être interdit, mais cette réminiscence est un peu vague ; on ne sait trop sur quoi elle repose ; c'est une sorte de réflexe qui pourrait bien un jour apparaître comme une faiblesse d'esprit, comme la trace d'une croyance ancienne, aussi irrationnelle qu'injustifiable. Quand les intellectuels à la mode prétendront – pour exister – avoir découvert une vérité nouvelle qui marginalisera la morale, quand ils affirmeront que l'obligation n'est qu'une déviance dont on ne trouve nulle part la raison d'être, nous ne serons pas loin du chaos, de la force brutale, de la barbarie. J'aime à penser qu'il s'agit d'un futur sombre et lointain, mais ne suis-je pas d'un optimisme naïf et stupide ? Ne sommes-nous pas déjà dans ce monde sans racines, sans références, sans règles ?

– Votre crainte me paraît bien excessive. Il n'y a jamais eu autant d'adeptes de la non-violence, du respect de l'autre, de la paix, de la protection de la nature, objecta Théo, qui ne savait plus très bien si sa participation à cet échange relevait de la politesse ou d'une complaisance coupable.

– C'est vrai. On pourrait penser que pour beaucoup vivre est la faute première. Certains l'ont affirmé et ont été obéis pendant des siècles. Le péché originel est aujourd'hui une notion à peu près oubliée ; l'idée que le statut d'homme soit une déchéance, une irrémédiable imperfection, ferait sourire. Mais on sait encore que la culpabilisation des masses est une efficace façon de les soumettre. L'ultime trouvaille des néo-moralistes consiste à assimiler la survie de l'homme à un despotisme illégitime qu'on s'acharne à imposer au monde. Toute intervention sur la création apparaît comme une monstruosité qui ignore et détruit la souveraine nature. Construire des logements pour tous détruit le paysage, se chauffer suppose une brutalité exercée sur les sols pour en extraire l'énergie ; se nourrir est au pire une tyrannie criminelle imposée au monde animal, au mieux une violence faite à la terre, dont on veut démultiplier la capacité de rendement. On persuade ainsi l'humanité qu'elle est indigne de la nature qui l'abrite généreusement en son sein et qu'il faut d'urgence confier le pouvoir à une équipe de visionnaires responsables qui sauront sauver la planète. Pour ceux-là, la liberté n'est pas l'essentiel. Pourquoi s'embarrasseraient-ils de telles subtilités quand ils doivent tout simplement s'opposer à la fin du monde ? Et c'est nous que vous voyez en fossoyeurs des libertés ! »

Théo ne voulait pas interrompre le discours de son interlocuteur. Il le regardait avec intensité et commençait à trouver de l'intérêt à son exposé, tant il semblait reposer sur des constats respectables et une analyse logique. Le danger avec les intellectuels, c'est que la justification des choix se trouve plus dans la cohérence du raisonnement que dans l'humanité des conclusions. Désormais sans réticence, il entra dans le jeu :

« Vous poussez le raisonnement de vos adversaires politiques jusqu'à l'absurde. Je crois utile qu'ici ou là des voix s'élèvent pour dénoncer nos égarements et nous exhorter à un comportement plus responsable. Qu'on le veuille ou non, notre survie dépend des égards que nous aurons pour la terre. Quoi qu'il en soit, je ne déteste pas les polémiques, les débats d'idées, les confrontations. Même injuste, cette agitation annonce une effervescence qui est comme l'écho de la dignité de l'individu.

– Vous risquez d'être déçu, répliqua le directeur à la volée pour ne pas perdre la conduite de l'entretien. Je vous suivrais volontiers sur le chemin du débat et de la construction commune de l'avenir. Mais nos concitoyens sont las de tous les combats. Vous verrez, ces derniers soubresauts vont disparaître ; ils s'estompent déjà. Je crois même qu'on peut se risquer à dire que les hommes se sont endormis, pour échapper aux contradictions, aux difficultés, à l'angoisse du choix. »

Le directeur, habitué à séduire, sentit qu'il commençait à gagner du terrain et que l'hostilité initiale de celui qui lui faisait face se changeait en curiosité. Il reprit sans attendre :

« Nous sommes confrontés à des réactions molles qui ne demandent qu'à s'éteindre. Il reste bien, comme vous le dites, quelques manifestations vaguement idéologiques, mais vous m'accorderez qu'elles sont faibles, de plus en plus rares et fortement concurrencées par la recherche du plaisir. On pourrait croire que cette inclination rend le gouvernement plus aisé, mais il n'en est rien. Une société sans faculté de protestation, sans forces contestataires, une société conduite par la seule recherche de la jouissance est un monstre sans repères, sans capacité de s'interdire certains comportements. Il appartient alors à ceux qui la dirigent de réinventer les limites que chacun, jadis, posait à son désir. L'ordre imposé doit suppléer l'impératif moral, qui s'est dissout dans la veulerie du bien-être. Des normes ont effectivement existé qu'on opposait à ses pulsions. Cette organisation sociale a même traversé de nombreux siècles. Mais ces critères de comportement ne venaient pas de nulle part ; ils reposaient sur des idées dont on garde une image de plus en plus imprécise. On se souvient de l'effort, de la résistance, de la conquête, un peu aussi de l'héroïsme, mais cette mémoire est en quelque sorte résiduelle. On s'affirme pour la paix, car le héros d'hier était un combattant brutal qui aujourd'hui fait peur ; on défile pour la douceur de vivre et le respect des autres, car bien des acteurs de l'histoire ont ignoré l'avenir de la planète et compromis notre devenir. Ces valeurs nouvelles n'ont pas de vraie consistance ; elles ne sont que le résultat de la peur d'un trouble plus ou moins grave au bonheur quotidien. L'essentiel serait qu'on sache encore élever la voix pour une raison qu'on croirait respectable. N'importe laquelle ! Si elle était excessive, voire scandaleuse, elle susciterait une réaction, elle rappellerait les vieilles valeurs oubliées. L'indignation annonce le retour en force de la morale. Vous voyez, je ne suis pas dans la rigidité idéologique ; j'appellerais presque de mes vœux un désordre refondateur. Mais les racines d'un tel renouveau n'existent plus ; les principes sur lesquels a reposé l'histoire ont disparu. On ne veut plus d'affrontements, soit, mais on ne veut pas voir qu'on a ainsi interdit de cité l'étoile régulatrice sur laquelle se repéraient nos pères. Rien ne justifie plus qu'on se batte. On a confondu savamment la modération et la lâcheté. On a coupé les fondations de la cathédrale ; elle vacille et ne tardera pas à s'écrouler. Quand ce malheur surviendra, il n'y aura plus ni bien ni mal, ni beau ni laid, ni vrai ni faux ; tout se mêlera dans une lave destructrice où les concepts fondateurs auront été dissous. Alors, tout sera possible, permis, ouvert, et la force pure et brutale redeviendra le critère des conduites individuelles.

– Comment envisagez-vous de contrecarrer cette triste perspective ? demanda Théo en s'efforçant de cacher sous une esquisse d'ironie l'intérêt que le discours du directeur avait fait naître dans son esprit.

– Le meilleur remède serait dans une retrouvaille métaphysique, dans la redécouverte de la sacralité de quelques principes fondamentaux. Mais je n'y crois guère, car c'est précisément de l'évanouissement de ce monde transcendant que procède notre époque. Je ne prétends même pas qu'il y ait une désacralisation de nos références ; ce qui s'installe, c'est la disparition de la référence. Tout renvoi à une pratique ou à une parole est invocation d'une autorité supérieure. Si cette autorité n'existe plus, si l'on ne veut plus d'hommes qui soient des modèles ou des maîtres, si l'on rejette les comportements qui ne se discutent pas, le plus simple est de ne soumettre le futur, l'encore virtuel, à rien. Sans références, tout est permis, car on ne peut plus dire que quelque chose ne se fait pas, ni rappeler ce que disaient Platon ou Marx. L'homme qui ne s'en rapporte à rien ni à personne se croit libre, alors qu'il est seul, nu, brutal et imprévisible. Voilà pourquoi nous devons maintenir l'ordre, l'équilibre, par une autorité discrète, mais forte, qui prend de loin racine dans une foi disparue. Je suis sûr que vous mesurez à quel point la mission est difficile. Vous regrettez que la loi devienne de plus en plus intrusive, que l'autorité se mêle de choix qu'on laissait hier à chacun. Je comprends cette nostalgie. Mais est-il illégitime d'ériger en crime la faute, même vénielle, que la conscience individuelle n'est plus capable de reconnaître et de s'interdire ? »

Le directeur faillit s'abandonner à la nostalgie. Son regard se perdit un court instant dans la curieuse tristesse à laquelle l'avait conduit l'évocation d'un monde disparu. Il chassa les sentiments qui montaient en lui et retrouva le ton tranquille de celui qui sait où est la vérité :

« Puisque nous parlons de fautes, de comportements contraires à la loi, en un mot d'infractions pénales, autant vous dire sans attendre que rien de tel ne vous concerne. Si nous parvenons à nous comprendre – et je crois que nous y réussirons –, vous aurez demain une carte de libre circulation, votre maison de l'île d'Yeu deviendra disponible à tout moment et l'année du crétin, oui, celle du nouvel horoscope chinois, deviendra le bon mot de toutes les facultés. Vous aurez même le loisir de faire une conférence sur la TRSS, bien que je ne sois pas convaincu que le sujet vous passionne. Si je ne craignais pas que vous ne me trouviez un peu élémentaire, je vous dirais : “Professeur, tout cela, on s’en fout !” »

Théo comprenait de moins en moins pourquoi il était là, mais il sentait qu’on avait besoin de lui, qu’on cherchait à obtenir son aide.

« Je comprends votre perplexité. Je vais vous dire ce que je puis vous dire. Je ne suis pas certain que cette explication vous suffira, mais il faut que vous me fassiez confiance. Pardonnez-moi ce ton solennel, cocardier et presque ridicule : ce que je vais vous demander, c’est au nom de la France que je vais vous le présenter. J’ajoute que si notre pays a besoin de vous, vous aurez, en collaborant au projet dont je ne puis pas même vous donner les premiers éléments, une incommensurable satisfaction. »

Il y eut un nouveau silence. Théo ne savait pas si le directeur attendait de voir l’effet produit sur lui par son discours ou s’il se demandait s’il avait suffisamment exposé l’importance de l’enjeu. Il reprit bientôt sur un ton insistant :

« Ne vous méprenez pas. Quand je parle d’une grande satisfaction, je ne fais pas allusion à une quelconque rétribution. Je vous sais capable de tenir pour vulgaire l’idée mercantile de la contrepartie. Je vise une joie exceptionnelle que la vie apporte parfois, quelque chose qui ressemble à un don du destin qu'on n'aurait pas osé attendre.

– Monsieur le directeur, je ne comprends ni ce que vous attendez de moi, ni ce que vous m'annoncez comme un présent miraculeux.

– Je ne peux aller plus loin dans l'explication. J'ai pris l'engagement de ne jouer que le rôle modeste de la puissance invitante, du *go between* si vous préférez. Vous saurez très vite ce que signifie ce mystère. Laissez-moi vous dire ce que concrètement vous aurez à faire : demain, à Matignon, une délégation étrangère viendra débattre de questions de sécurité qui nous sont communes. Dans cette députation, un homme vient pour vous rencontrer et seulement pour cela. Je vous remets une convocation pour vous présenter demain matin à la Direction de la sécurité et du comportement citoyen. Désolé, c'est à Nanterre. Si vous étiez l'objet de quelque question indiscrète, il faudrait prétendre que le sujet est tout entier dans vos récentes et innocentes incartades. Le service est prévenu ; il vous fera rejoindre discrètement l'hôtel du Premier ministre. Là, vous aurez l'échange que je vous ai annoncé. Quand nous nous reverrons, un peu plus tard, vous aurez l'occasion de me remercier du discours énigmatique que je vous aurai tenu aujourd'hui.

– Puis-je au moins connaître la nationalité de mon mystérieux interlocuteur ?

– Américain.

– Mon père, sa disparition tragique aux États-Unis ont-ils quelque chose à voir avec cette rencontre ?

– Je ne peux vous répondre. Les Américains nous imposent un protocole que je dois suivre. Ce n'est pas vraiment nouveau : ils n'ont confiance qu'en eux-mêmes.

– Serait-il déraisonnable de ma part d'imaginer que vos services aient cru trouver dans mes affaires personnelles des informations dont j'aurais pu être dépositaire ?

– Pour tout savoir, il faut souvent chercher. Si vous aviez été en mesure de nous livrer certains secrets, nous n'aurions pas été contraints de nous en remettre à une puissance étrangère. Si vous disposez de ces informations, si, au-delà de la lettre affectueuse d'un père, des précisions plus techniques vous avaient été données, il serait encore temps…

– Je vous assure que je n'ai rien.

– Soit. Pour demain, peut-on compter sur vous ?

– Oui, oui, bien sûr, dit Théo, à la fois ébranlé par l'évocation de la mort de son père et désormais habité par un violent désir de savoir.

– Alors demain, Nanterre, 9 h 30, dit le directeur en lui tendant la convocation. Pas un mot à quiconque, du moins sur la réalité des choses…

pas même à Léa. Eh oui ! Nous la connaissons bien, ajouta-t-il en reprenant un ton léger et dominateur. Je vous l'ai dit, nous savons tout. »

Il se leva et raccompagna Théo jusqu'à la porte, où attendait déjà le jeune lieutenant.

« Ah ! J'oubliais. Demain, à Nanterre, c'est votre condisciple François Roth qui vous accueillera. Vous étiez en khâgne ensemble, je crois. Merci de votre précieuse collaboration, professeur. »

6

Nanterre

Théo avait décidé de prendre un drontax pour se rendre à Nanterre. Ces petits engins volants pouvaient transporter jusqu'à deux personnes de corpulence normale. Les obèses n'avaient pas le droit de les emprunter, mais c'était une catégorie assez peu nombreuse. Comme les alcooliques ou les toxicomanes, on les repérait vite et on les contraignait à des soins, dans leur intérêt et celui de la société. Nul n'aurait songé à prétendre qu'une quelconque liberté permettait de se détruire ou de gêner les autres. L'usage des drontax était très réglementé. Tout citoyen disposait de deux droits d'utilisation par an, limitation que seule une urgence particulière pouvait remettre en cause. Rares étaient ceux qui se plaignaient de cet emploi limité ; le coût de ce mobile de luxe était suffisamment élevé pour qu'on n'ambitionne pas d'en faire un moyen de transport ordinaire. La plupart revendaient leurs droits d'usage à quelques privilégiés indifférents au prix des choses. Ce mode de circulation avait l'avantage d'éviter le contact avec la foule et, ce matin-là, Théo n'avait pas envie de subir une présence inconnue. Mais on pouvait au dernier moment voir arriver un tiers que la destination choisie rapprochait de son but personnel. Il fallait commander le drontax en ligne au moins trois heures avant le voyage ; on donnait ainsi connaissance de son déplacement à tous ceux qui accédaient au site. Théo avait pris soin de préciser que le but de son voyage était un service de police ; cet objectif, espérait-il, serait assez dissuasif pour que nul n'ait l'idée saugrenue de l'accompagner. Il avait néanmoins l'obligation d'attendre l'heure précise du départ pour laisser le temps d'arriver à un fâcheux éventuel. Comme il l'avait espéré, personne ne se présenta. Aucun pilote n'était nécessaire ; il suffisait de confirmer à voix haute le but à atteindre et d'enregistrer le numéro de réservation et celui de la carte de paiement. Une fois ces formalités accomplies, l'engin décollait pour vous conduire à vive allure, selon le plan de vol dressé au moment de la commande.

Théo n'avait rien dit à Léa, enfin, rien de vrai. Il lui avait montré la convocation qui lui servait de couverture en précisant, sur un ton de résignation affecté, qu'il fallait s'y attendre. Elle avait pris acte de la situation avec calme, sans qu'on puisse exclure qu'elle eût un doute sur l'authenticité de l'explication. Il ressentait la gêne que lui créait toujours la tromperie, surtout quand elle touchait un être auquel il aurait aimé faire l'hommage de la vérité. C'était sans doute une faiblesse que de ne pouvoir supporter le mensonge. Pour beaucoup, ce n'était qu'un jeu, un exercice d'imagination, une reconstruction anodine du réel selon les besoins du moment. Il avait beau admettre le caractère primaire de la prohibition morale de tout travestissement du réel, il ne pouvait rejeter l'idée que le discours de vérité était un devoir et l'affabulation une faute, comme si c'était faire injure à autrui que de ne pas lui révéler tout de soi. Était-ce d'ailleurs bien la vérité qu'on avait pris l'habitude d'honorer ? N'était-ce pas plutôt, parce qu'il était souvent la couverture de l'inavouable, que le mensonge avait été peu à peu contaminé par l'indignité de ce qu'il cachait ? Toujours est-il qu'il y avait dans l'obligation de transparence une agaçante soumission implicite à l'autre et à son désir de savoir. Était-ce infantilisme ou pathologie que d'être toujours le débiteur de ses semblables ?

Ceux qui avaient un peu de mémoire historique percevaient Nanterre comme un haut lieu de la misère, une sorte de temple de la déesse Indigence, dont la représentation variait avec le temps. Il y avait très longtemps, plus d'un siècle auparavant, c'était un camp de bidonvilles sordides où s'étaient installés des milliers d'immigrés misérables. Puis, la pauvreté avait changé de visage ;

elle s'était civilisée, dissimulée, intégrée dans un autre décor. On avait construit d'immenses édifices où s'étaient entassées d'autres générations des mêmes populations de parias. Les nouveaux avaient une salle de bains, un réfrigérateur et du chauffage ; mais ça ne changeait rien, ils restaient des bannis, des intouchables. Leurs conditions de vie auraient été vues par leurs pères comme l'image d'un rêve inaccessible ; elles restaient, pour les fils, le standard de vie des laissés-pour-compte. Quand les désirs des hommes sont entendus trop tard pour qu'ils se réjouissent de l'attention bienveillante du ciel, leurs lointains successeurs regardent cette bénédiction à contretemps comme une forme de mépris. Nanterre portait comme un stigmate ineffaçable cette image de lieu maudit, voué, malgré les progrès apportés par le temps, à recevoir les pauvres et à abriter le ressentiment. Théo, en gagnant cette destination, ressentait par anticipation la tristesse qu'il ne manquerait pas d'y trouver. Il se sentait puni de devoir se rendre dans ce sanctuaire de la marginalité. Il n'était pas conscient que c'était là le sentiment d'un privilégié, habitué à vivre dans l'antique cité de la montagne Sainte-Geneviève, où le dénuement n'était qu'une idée. Peu importait que les traces d'un passé misérable eussent été gommées et que la réputation des lieux ne correspondît plus à la réalité. Il faut de longues années pour que les traces du sang ou de la misère cessent de constituer l'identité principale d'un lieu éprouvé.

Comme souvent, les nouveaux riches s'étaient emparés du territoire et avaient repoussé plus loin les populations que les quartiers avaient abritées jadis. De larges avenues étaient maintenant bordées par des immeubles qui prétendaient au luxe et dont les habitants ne se considéraient pas comme des marginaux. À les voir circuler avec satisfaction, on sentait leur fierté d'être là, d'y avoir des appartements confortables et de jouir de privilèges qu'on n'avait pas ailleurs, comme ces petits jardins installés sur la large bande centrale des voies de circulation. C'était curieux et presque ridicule de voir cet acharnement bucolique au beau milieu d'un paysage résolument urbain. Les morceaux de verdure, les potagers minuscules s'affichaient comme les réminiscences d'une nature désormais inaccessible. Ils étaient au règne végétal ce que les zoos sont au monde animal, le souvenir d'un monde qui allait disparaître, une arche de Noé, posée là comme un remords. Ce n'est qu'au second plan qu'on apercevait encore les cités désertées des pauvres d'autrefois avec leurs quinze étages et leur architecture dépouillée. La juxtaposition des deux mondes soulignait la dérision de la différence entre la marginalité et l'aisance, entre l'acrimonie et la fierté. Quelle était donc la frontière qui séparait l'homme envié de celui qu'on regardait avec condescendance ? Quelle dose de superflu était-elle nécessaire pour échapper à l'amertume de n'être que toléré et indigne du moindre cadeau de la vie ? Était-ce bien le roi Lear qui affirmait qu'il nous faut un rien de trop pour être ?

On n'entrait pas sans façons dans un bâtiment de police. Théo avait fait sensation en arrivant sur le toit de l'édifice, ce que les suspects habituels s'interdisaient sagement. Il y a des lieux où il est prudent de ne pas paraître trop riche. Il avait dû montrer patte blanche, comme la veille au ministère. L'accueil, lourd de suspicion, avait été l'occasion d'interminables mesures de sécurité, tracasseries qui pouvaient bien être le prix à payer pour effacer la morgue de son arrivée par les airs. Puis on l'avait fait attendre, assez longuement. On semblait surpris de sa présence, étonné qu'il eût répondu à une convocation et presque embarrassé d'avoir à s'occuper de lui. Enfin, un planton l'avait conduit dans une petite pièce sans âme. Un homme l'attendait.

« Bonjour, Théo. Cela doit bien faire dix ans, quinze peut-être…

– Oui, tout cela remonte à loin…

– Je suis content de te revoir, dit François en lui serrant la main. Ma hiérarchie s'est souvenue que nous étions ensemble en khâgne. Curieusement, ils n'ont pas mentionné la marine, où nous avons aussi servi ensemble quelques années plus tard. »

François était visiblement gêné par cette rencontre artificielle, arrangée comme un guet-apens. Il semblait sincèrement touché de retrouver le compagnon d'un autre temps et soulignait l'évocation d'un passé commun, comme pour dire à son vieux camarade que rien n'avait changé.

Théo, que cet accueil chaleureux mettait mal à l'aise, demanda sur un ton glacial :

« Tu es devenu flic ?

– Pas tout à fait, répondit l'autre. Je ne suis encore que sous-préfet, mais je ne devrais pas tarder à devenir préfet à part entière. C'est une façon particulière d'être flic, comme tu dis.

– Tu as un lien avec la personne que j'ai vue hier ? s'enquit Théo.

– Je suis en quelque sorte son homme de confiance, celui auquel il confie les missions délicates.

– Et je suis l'un de ces cas difficiles ?

– Non, mais nous nous connaissons bien. C'est plus facile, moins impersonnel.

– Je n'ai pourtant pas l'impression que la dimension humaniste des rapports sociaux soit le souci majeur de ton patron, ni des autres responsables de notre monde. J'ai de plus en plus l'impression que nous vivons dans un univers rétif à toute fantaisie et hostile à toute liberté », répondit sèchement Théo, qui était conscient que sa mauvaise humeur n'avait pas d'autre cause que la docilité qu'il avait montrée jusque-là ; elle dessinait à ses propres yeux le portrait d'un être faible et manipulable.

« La liberté ! Le mot est lâché, la polémique est ouverte. Tu serais donc dans le camp des généreux, des partisans de l'absence de chaînes, tandis que j'appartiendrais à la caste odieuse des fanatiques de l'ordre. Ce manichéisme un peu élémentaire ne te paraît-il pas relever de la simplification, du scénario réducteur et facile opposant les bons aux méchants ? »

Théo entendit les propos de son vieux camarade avec un sentiment de reconnaissance. Au moins lui épargnait-il l'obséquiosité, la complaisance, cette odieuse flagornerie dont usent les puissants pour séduire les imbéciles. Avec lui une discussion franche pouvait s'ouvrir.

« Je ne suis pas un révolté, dit Théo. Tu le sais. Je suis capable de souscrire à l'idée d'une contrainte nécessaire. Je sais que toutes les définitions sociales, toutes les conventions, toutes les lois conduisent à des interdictions de faire, à une hiérarchie des comportements, à une prohibition des fantaisies. Mais il y a des limites au balisage du chemin. Tout est affaire de mesure. J'admets l'interdit à la condition de ne pas y être confronté à tout instant et de ne pas être toujours coupable.

– Tu as raison, dit François avec calme et une apparente sérénité. Cette organisation sévère est injuste pour certains. Tu fais partie de ceux à qui l'on peut faire confiance. Si l'on t'affranchissait des règles qu'on impose aux autres, il te resterait l'inquiétude morale, le souci de ce qui doit être, la recherche de la beauté dans l'action. Mais la préoccupation éthique n'est pas l'état d'esprit du plus grand nombre.

– Tu veux dire que la liberté n'est pas faite pour tout le monde ?

– Il y a de cela, mon cher Théo. Tu le sais bien ; et ton esquisse d'indignation, quand je prétends que les hommes ne sont pas égaux face au devoir, n'est pas de nature à m'impressionner. D'abord parce que je sais que tu ne crois pas toi-même à cette égalité dont tu te fais le défenseur. Tu me fais le coup de la génuflexion devant les grands principes, par réflexe, pour ne pas injurier la mémoire de ta grand-mère, qui était dreyfusarde d'après la bataille et admirative du Front populaire, bien qu'elle eût placé sur son autel intérieur un Christ à gauche et la révolution bourgeoise de 89 à droite, ou plutôt l'inverse, ce qui d'ailleurs revient au même. »

Théo sourit. La franchise de son vieux camarade lui faisait du bien et son verbe haut en couleur le réjouissait. Il décida de rentrer dans le jeu, peut-être pour retrouver le plaisir des confrontations intellectuelles de jadis, du temps où ils n'étaient pas encore positionnés dans le monde, du temps où l'on épousait une thèse sans y adhérer vraiment, juste pour ferrailler avec l'autre, du temps béni de cette enfance tardive où ils étaient irresponsables au point de ne pas même s'en rendre compte.

« D'abord ma grand-mère n'était pas dreyfusarde – tu t'égares dans la chronologie – ni fan de Mirabeau. Je ne suis même pas sûr qu'elle ait été si respectueuse que cela du Christ.

– Je sais, dit François, c'était une soixante-huitarde bourgeoise qui se foutait de tout et voulait jouir de la vie en faisant le moins d'efforts possible. C'est du moins ce que tu m'as dit, à la fin d'un quart de nuit, à un moment où la fatigue et un nuage de tristesse t'avaient conduit à la confidence. Mais je ne voulais pas être désagréable. Je suis en service commandé ! »

Ils éclatèrent tous deux d'un rire sonore qui était comme un écho de leur adolescence. Redevenant sérieux, François ajouta :

« Ce n'est pas de ta grand-mère biologique que je veux parler, mais du temps lointain qui était le sien, de la mode qui régnait alors, de cette idée de liberté sacralisée dont nul ne voulait connaître la conséquence. Cette génération-là a installé dans nos esprits des totems, des valeurs intouchables, des vaches sacrées qui nous embarrassent singulièrement pour affronter le monde tel qu'il est.

Cette bien-pensance, Théo, voilà ce qui enferme les hommes et finit par leur interdire la réflexion. »

Théo reçut la précision comme une mise au point inutile à laquelle il n'avait rien à ajouter. Il était moins tenté par une joute oratoire que par un désir de réconciliation, de retrouvailles, de fraternité.

« Tu es fort, dit-il. Je n'aurais pas imaginé rire dans cet endroit. Mais il reste que tu es le collaborateur zélé d'un ordre social que je qualifierais d'un peu rigide, pour ne pas t'agresser en le baptisant comme il le mériterait.

– La fantaisie, Théo, avec 40 millions d'habitants, comme il y a un siècle, c'était encore concevable. À 70 millions – c'est-à-dire quand nous sommes nés –, ce n'était déjà plus raisonnable. Mais aujourd'hui, avec plus de 100 millions de Français, ce serait le chaos, les abus de toutes sortes, le gâchis des biens rares comme l'énergie ou la nourriture, l'écrasement des plus faibles par l'égoïsme des plus forts. Nous préservons l'équilibre et l'équité en jugulant la force aveugle et amorale. S'il reste un peu de liberté aux humbles, c'est parce que nous avons su endiguer les pulsions dominatrices des dictateurs domestiques.

– Si je résume, dit Théo moqueur, vous préservez la liberté en interdisant qu'on en fasse usage.

– Ne persifle pas trop facilement. La volonté de puissance, tapie en chacun de nous, est désir de domination, d'oppression, de réduction de l'autre à mon autorité. Tu sais cela mieux que quiconque, professeur.

– Ne m'appelle pas ainsi. Tu sais bien que je n'ai pas droit à ce titre et tu me ferais plaisir en ne me croyant pas assez stupide pour être sensible à une basse flagornerie.

– Là, camarade, rappelle-toi la Royale ! Quand un homme a la responsabilité d'une embarcation, même modeste, on l'appelle commandant, serait-il officier marinier. Tu fais fonction de professeur et je suis sûr que pour tes étudiants tu es ce que tu apparais. Vieille distinction entre le grade et la fonction.

– Bon, si tu veux. Mais revenons à l'essentiel. Tu es vraiment convaincu de participer au maintien d'un ordre social juste ?

– Oui, je te l'ai dit. Nous empêchons les forts de terroriser les autres. C'est vrai que c'est au prix de quelques barrières sur le chemin de la liberté. Mais la liberté sans entrave, la liberté pure, qui ne rencontre aucun frein à son épanouissement, est un concept d'intellectuel lourd de menaces pour les faibles. Les thuriféraires de l'idée s'appliquent à persuader les foules qu'ils revendiquent pour tous ; mais, seule, leur liberté propre les intéresse. Et que veulent-ils en faire, de cette liberté, si ce n'est installer un pouvoir, régner, écraser s'il le faut. Ils sont dans l'ivresse de la domination, dans la passion d'eux-mêmes. Ce sont des dangers, des manipulateurs, presque des fous. Quant aux intellectuels, qui se moquent des autres comme d'une guigne, je n'exclus pas que, dans la notion de liberté pure, ce soit la pureté qui les séduise, cette pureté qu'on ne peut sauvegarder qu'en se retirant de l'histoire, en se plaçant au-delà des circonstances particulières d'une vie individuelle ; cette pureté qui ressemble à l'universel, à ce qui n'est ni toi ni moi et nous désigne, avec l'ensemble de l'humanité, comme des avatars indignes dont le sort peut être brisé, sans qu'il y ait lieu de s'en indigner.

– Il se peut qu'il n'y ait de liberté vraie qu'en dehors du temps et des parcours de chacun. Ce ne serait qu'un mythe, dit Théo en résumant à voix basse, comme pour lui seul, ce qu'il venait d'entendre. Mais peut-on sans indécence accepter un tel débat, alors que des hommes vivent encore enchaînés ?

– Pour la plupart de nos concitoyens, poursuivit François, le bonheur est dans la paix, dans la culture des petits plaisirs, dans la sécurité qui tient la peur à distance, dans une aisance modeste qui dispense à la fois de la crainte du lendemain et de la jalousie d'autrui. Ce n'est pas la liberté qu'ils désirent, c'est l'absence de contraintes trop pesantes. La liberté, celle des autres surtout, leur fait peur ; elle est une force aveugle qui pourrait s'abattre sur eux et les anéantir. Ils veulent être tranquilles, c'est tout. Tu as envie de grandeur, d'héroïsme, de dépassement. Pas eux ! Tu es prêt à la contrainte, à travailler quinze heures par jour pour approcher une vérité dont tu pressens la beauté essentielle, sans être sûr de jamais parvenir à la saisir. Pas eux ! »

François observa un court silence. Était-il fatigué ? S'interrogeait-il sur l'opportunité d'aller plus loin, de pousser l'avantage, d'avouer la radicalité de sa pensée inégalitaire ? Très vite il reprit, le regard fixé sur un lointain imaginaire. Ne s'adressait-il qu'à lui-même ? Parlait-il de Théo ou de lui ?

« Tu imagines t'accomplir dans une apothéose. Tu es motorisé par l'hybris, amoureux de la démesure, à la recherche d'un Graal indéterminé. Tu ne leur ressembles pas. Tu serais même un dangereux modèle, comme l'histoire en a connu beaucoup, si l'épopée que tu espères n'était pas purement intellectuelle, si tu n'avais pas cette force morale qui permet de freiner la folie pour respecter les autres, si tu ne savais pas poser une digue qui empêche que les orages désirés n'éclaboussent et n'écrasent tout le monde autour de soi. L'État, dont tu contestes l'autorité, n'est pas autre chose que ce mur protecteur qui marque la frontière de l'excès coupable et en interdit le surgissement désastreux. »

Théo ne songeait même plus à contester le discours de son interlocuteur. Il retenait de ce curieux dialogue la proximité de leur mode de pensée, cette curieuse fraternité de ceux qui parlent une langue rare dont ils se délectent à retrouver les accents. Les deux hommes se regardaient dubitatifs : étaient-ils vraiment l'un et l'autre les partisans de thèses opposées ? S'affrontaient-ils par jeu ? La règle inexprimée ne consistait-elle pas à prolonger la dialectique au prix de désaccords factices ? Étaient-ils installés sur ce socle fondamental où les détails n'ont plus beaucoup d'importance, où l'amour des idées réunit les êtres dans cette curieuse aristocratie qui les marginalise, leur fait peur et les rapproche aussi ?

Ils accueillirent avec soulagement la jeune femme qui vint leur dire que le départ aurait lieu quelques minutes plus tard. Tout à coup ramené à des préoccupations prosaïques et rassurantes, François précisa :

« Il faut que je te dise : nous voyagerons couchés au fond du camion, dans des caissons renforcés. Les lunettes à infrarouge, sensibles aux différences de température, permettent de voir à l'intérieur des carrosseries et d'identifier les passagers grâce au système de reconnaissance faciale. Il ne faut pas que quiconque se demande ce que nous allons faire à Matignon. C'est bien que nous ayons pu discuter un peu ; à bord, c'est le silence absolu. Les micros directionnels auraient tôt fait de surprendre notre conversation. La modernité n'a pas que des avantages…

– Avant que nous nous taisions, dit Théo, peux-tu me dire ce qu'il se passe et ce qui justifie ces extraordinaires précautions ? »

François saisit le bras de son ami.

« Non, je ne peux pas. Je ne suis d'ailleurs que très partiellement dans la confidence. Sache seulement que je n'aurais pas accepté de participer à une opération qui aurait pu te faire tort. »

7
L'explication

En arrivant à Matignon, Théo ressentit de la déception. Il s'était d'abord retrouvé dans un garage où François avait pris congé avec une chaleur qui à l'évidence ne faisait pas partie de sa mission. Il avait ensuite parcouru des couloirs sans charme, avant d'être installé dans une pièce à vocation indéterminée, qui aurait pu être la salle à manger du gardien ou le poste de repos des veilleurs de nuit. L'imagination embellit les lieux où s'exerce le pouvoir et nimbe d'une autorité mystérieuse les murs qui abritent les puissants. Théo mesurait l'absurdité de ces rêveries populaires et se reprochait de les avoir partagées. Pourquoi ne pense-t-on pas, se reprit-il, que, dans tous les châteaux, il faut du monde à la cuisine ? Il voyait mal au surplus ce qui aurait justifié qu'on lui fît l'honneur des salons de réception.

Un bruit de pas annonça un visiteur. Un gendarme introduisit un homme dans la pièce.

Celui-ci attendit que la porte fût refermée pour se retourner vers Théo.

« Michael Wilson, adjoint du procureur du Massachusetts. Ne soyez pas surpris de ma pratique de votre langue ; ma mère est française et j'ai en quelque sorte reçu notre idiome au berceau. Je serai sous peu magistrat de liaison à l'ambassade, ici à Paris. Voilà sans doute pourquoi c'est moi qu'on envoie vous expliquer une situation un peu inattendue.

– Je vous écoute, monsieur le procureur.

– Théo et Michael ? On a le même âge...

– OK, Michael, dit Théo, qui aurait accepté n'importe quoi pour écarter des préliminaires inutiles.

– Voilà : je vais devoir évoquer des notions scientifiques qui dépassent ma compétence et aussi, je le crains, la vôtre. Pardonnez-moi d'avance une dimension approximative. L'essentiel est que vous compreniez la situation dans son ensemble, comme je me suis efforcé d'y parvenir. »

Théo hocha la tête, moins pour approuver le propos, qui lui était indifférent, que pour inviter son interlocuteur à poursuivre.

« Vous connaissez, je suppose, le goût de votre père pour les nouveautés de la science. Sa dernière marotte portait sur les ondes émises par le cerveau humain. On m'a expliqué que ces émissions étaient connues de longue date, mais que ces ondes sont si faibles qu'on ne pouvait rien en faire. C'est là qu'interviennent votre père et son associé chinois, réfugié chez nous depuis la chute de Taïwan. Les deux hommes s'approchent des quatre-vingts ans. Ils ont du temps libre et leurs fortunes sont suffisantes pour que l'argent ne soit plus une motivation. Ils montent un petit laboratoire où ils travaillent chaque jour, comme de paisibles retraités pourraient se retrouver pour un bridge quotidien. Au bout de quelque temps, ils trouvent le moyen d'amplifier la puissance des ondes cérébrales, au point qu'ils peuvent désormais les enregistrer et, de façon encore grossière, les traduire. La découverte est capitale, même s'il faut encore la rendre plus opérationnelle.

– Rien de tout cela ne me surprend. Ces fulgurances ressemblent bien à mon pauvre père. Ce qui en revanche m'étonne, c'est qu'il n'ait jamais fait allusion à ces travaux pendant nos conversations. Nous étions très proches, vous savez. Mais en quoi cette situation me concerne-t-elle ? Pourquoi venir me parler de tout cela ? Pourquoi cette atmosphère étrange de roman d'espionnage ?

– Je crois que vous n'avez pas bien mesuré la portée de cette découverte. Il y a bien longtemps qu'on sait capter ce que les gens disent, même à travers les murs, même de très loin. Nous parvenons aussi à déceler le mensonge aux seules inflexions de la voix. Il y a, certes, des artistes qui savent prendre le ton de la vérité ; il en est même qui résistent au détecteur de mensonges. Il y a aussi ceux qui, dans une sorte de dédoublement de personnalité, tiennent avec une parfaite sincérité un discours dont ils ne croient pas le premier mot au fond d'eux-mêmes. L'Actors Studio est une école américaine…

– Ce dégradé de couleurs, entre le presque vrai et le complètement faux, n'est-ce pas la vie, Michael ? Les fantaisies de la pensée de l'autre, dans lesquelles j'inclus le mensonge, me permettent de fuir la triste connaissance du monde selon le principe d'identité, qui est à la fois pratique et désespérant. Si je devais appréhender ce qui m'entoure selon une sinistre platitude, si je ne sortais pas du A=A, la chaise est la chaise, la table est la table, je crois bien que je me mettrais à adorer le mensonge. Mieux vaut le désordre que l'ennui.

– Je vous sais littéraire, Théo ; peut-être même un peu poète. Je m'intéresse, moi, à la vérité, à ce que pense un homme, pas à ce qu'il veut bien dire. »

Théo eut un grognement dubitatif. L'Américain poursuivit :

« Le discours, si l'on réfléchit bien, est presque toujours une dissimulation, une reconstruction, un habillage. On superpose au monde, comme aussi à sa propre pensée, des mots et des phrases qui sont autant d'approximations, voire de trahisons. On ne peut pas exclure que parler et mentir soit les deux faces d'une même action. Sait-on seulement soi-même quelle est la vérité ? Au nom de quel critère ajoute-t-on foi à ce que l'on pense ? Comment être sûr de la justesse de ce que l'on croit savoir ? Sommes-nous condamnés à tenir pour vrai ce qui se révèle à nos intelligences ? Pourrons-nous jamais nous échapper de cette béatitude réceptive, de cette passivité d'animal soumis ? Le doute méthodologique est une coquetterie littéraire à laquelle quelques esprits hardis ont affecté de se soumettre. Mais pour la plupart d'entre nous – pour tous peut-être –, le monde est ce que nous en percevons et la pensée ce que nous parvenons à exprimer. Nous nous faisons confiance à nous-mêmes, sans supposer un seul instant que l'évidence puisse être un leurre. Nous sommes certains de penser ce que nous sentons s'exhaler de notre cerveau. Nous refusons d'envisager que nous puissions nous mentir à nous-mêmes, comme nous nous employons parfois à égarer autrui. Est-il impensable que nous trouvions un jour les moyens et la force de bousculer cet ordonnancement et d'accéder à une vérité plus pure, je veux dire à la pensée telle qu'elle est avant les mots dans lesquels nous l'enfermons ?

– Il est possible qu'on se mente à soi-même, concilia Théo. Mais est-ce si grave ? N'ai-je pas le droit de préférer une image à une autre, sans qu'on me punisse pour cela ? Sans qu'on m'impose une vérité qui ne serait pas la mienne ? Je ne veux pas être toléré dans ce qui serait, à vos yeux, un égarement. Je veux que mon erreur soit aussi respectable que la vôtre et, s'il se peut, que nul ne s'aventure à m'imposer la dictature d'une vérité unique.

– Théo, nous ne parlons pas des nuances délicates de la pensée subjective. Nous parlons d'accéder à cette vérité qui se cache là, maintenant, dans votre tête, et que vous ne laissez pas surgir, de cette pensée qui est en vous, mais que vous retenez, à laquelle vous refusez l'expression, par réticence ou seulement par dédain ou paresse. L'accès direct au fonctionnement du cerveau d'autrui permettra de s'emparer d'une pensée qui aurait pu rester à jamais inconnue de tous, y compris de celui qui en est porteur. L'opération aidera aussi – mais c'est accessoire – à débusquer le mensonge ; ce sera l'affaire de la police, des juges, des services spéciaux. Mais le plus extraordinaire ne sera-t-il pas de révéler à un homme la vérité qui est en lui et qu'il n'aura pas su reconnaître et moins encore exprimer ?

– Votre enthousiasme me terrifie. Si je vous disais que cette césarienne de la vérité, que vous extrairiez de mon cerveau comme un enfant du ventre de sa mère, m'apparaît comme un viol et non comme une délivrance, seriez-vous surpris ? »

Michael se contenta de sourire, sans qu'on puisse savoir s'il était à court d'arguments ou s'il tenait pour superflu de ferrailler avec un rêveur. Comme pour lui seul, Théo dit à voix basse : « Dans quoi nous as-tu mis, papa ? » Michael prit le parti de revenir à son discours sans se laisser interrompre par des réflexions incidentes :

« Dès qu'elle serait connue, la découverte de votre père allait intéresser le monde entier. Il n'était pas exclu que nos deux octogénaires soient menacés, brutalisés, enlevés peut-être. Nous pouvions aisément organiser la sécurité du Chinois, devenu citoyen américain, d'autant plus qu'il n'y avait pas lieu de craindre qu'il se risque à quitter le sol des États-Unis; mais votre père, Français, de passage chez nous, devenait un danger pour lui-même. Il fallait réagir avec force.

– Vous ne voulez tout de même pas dire…, objecta Théo indigné.

– Non, bien sûr. Nous ne l'avons pas tué ! Pour qui nous prenez-vous ? protesta Michael en riant, tant l'hypothèse lui parut absurde. Mais je dois reconnaître que nous avons organisé l'accident d'avion. Perdu corps et biens en mer ! Même le club, propriétaire du petit appareil, y a cru ; c'était du bon travail, une mise en scène parfaite. Les deux inventeurs étaient désormais hors d'atteinte de tout intérêt malsain.

– Il est donc…

– Ils sont vivants, tous les deux, et en parfaite santé. »

Théo, qui jusque-là était resté debout, se laissa tomber sur une chaise. Il adressa à son interlocuteur un regard hébété où se mêlaient la détresse, la joie et une sorte d'attente suppliante de la suite. Michael comprit qu'il fallait contourner l'émotion, ne pas lui laisser le temps de s'installer et aller sans tarder jusqu'au bout de ce qu'il avait à dire.

« Comme vous l'avez compris, tout s'est fait avec l'accord des deux hommes. Nous leur avons proposé des solutions, mais ce sont eux qui ont pris la décision. Pour que le stratagème fonctionne, il fallait que vous croyiez à la mort de votre père. C'était cruel, mais nous n'avions pas le choix. Il faut vous dire qu'ils ne s'étaient pas rendu compte de l'importance de leurs travaux. Ils en parlaient librement entre eux au téléphone, parfois même avec des tiers. Ils cherchaient de nouveaux terrains d'essais et recrutaient sans discrétion des cerveaux émetteurs. Il leur était apparu que les intellectuels étaient des sujets de choix, plus riches et plus rapides que les autres dans la fourniture d'émissions cérébrales. Ils l'avaient fait savoir à grand bruit, peut-être pour flatter leurs prochains sujets d'expérience et les inciter à collaborer. Cette situation devenait dangereuse, car leurs cobayes comprenaient la nature de leurs recherches. On commençait même à en parler dans les dîners en ville. Un mois plus tard, ils auraient été les cibles de tous les services spéciaux de la planète. Nous devions, si j'ose dire, les éliminer sans attendre, les placer hors de portée, dans leur propre intérêt.

– Mais pourquoi me dire tout cela maintenant ?

– Nous avions besoin de temps. Il fallait être sûr que la mise en scène avait été prise au sérieux, que personne ne cherchait à savoir ce qu'ils avaient trouvé ; mieux encore, que nul ne suspectait une vraie découverte.

– Je vais donc pouvoir retrouver mon père ? Quand ? Ici, en France ? Aux États-Unis ?

– Laissez-moi finir. Votre père a accepté de prendre une identité nouvelle et de vivre désormais comme un retraité américain. Vous connaissez sa maîtrise de l'anglais. Il est là-bas comme chez lui. Il est d'ailleurs chez lui, son passeport en témoigne. Il a posé quelques conditions à cet arrangement : une maison à Cape Cod, où il réside habituellement, un appartement en Floride, pour le golf d'hiver, je suppose, et un compte en banque qui le met à l'abri de tout souci. Nous avons tout accepté. Ses exigences étaient d'ailleurs parfaitement raisonnables, d'autant plus que tout ce qu'il possédait auparavant se trouvait désormais enfermé dans sa succession. Restait à déterminer le propriétaire de son nouveau patrimoine. Tout aurait pu être mis au nom de votre père, mais comment auriez-vous hérité de John Smith ? Si vous me dites que ce nom est ridicule de banalité, je ne pourrais que vous approuver. Mais qui imaginerait qu'une telle identité ait été inventée ? Nos services jouissent d'une réputation suffisamment forte pour qu'on ne puisse les croire aussi peu créatifs. Dans une certaine mesure, ce qui n'est pas crédible le devient, par un effet de renversement. Nos ennemis se croient assez intelligents pour conclure que nous n'aurions pas été assez stupides pour faire aussi simple. Le paradoxe a du bon.

– L'héritage, vous savez, m'est indifférent. J'ai déjà reçu ici des biens qui font de moi un privilégié. Quand pourrai-je voir mon père ?

– Bientôt. Mais je suis ici son porte-parole. C'est lui qui veut que sa fortune américaine vous revienne. Tout relève d'un trust dont il est le bénéficiaire ; il vous suffira de le devenir à votre tour, quand il ne sera plus là. Je ne vous cache pas que les exigences de votre père – qui supposent votre acceptation – sont pour nous importantes. Elles constituent l'une des conditions du deal.

– Bon, je suis d'accord. C'est tout ? Puis-je prendre un avion demain pour Boston ?

– Oui, nous allons organiser ce voyage, mais dans deux ou trois jours seulement. Il reste encore un point à examiner. Si vous devez séjourner régulièrement chez nous, il faudra qu'une raison simple et limpide explique ces déplacements. Un cours régulier à Harvard ne serait pas mal. Qu'en pensez-vous ?

– Je ne suis pas sûr que la Sorbonne verrait d'un bon œil cette infidélité…

– Ne vous inquiétez pas. L'université et le gouvernement français vous seront reconnaissants d'accepter. Je ne vous ai pas encore tout dit. Votre père a posé une autre condition. Il a voulu que ses travaux profitent aussi à son pays. Nous allons donc partager la recherche appliquée avec la France. Voilà, je suppose, qui éclaire d'un jour nouveau l'insistance de votre gouvernement pour que notre rencontre ait lieu sans tarder. J'ajouterai que la relative maltraitance dont vous et votre compagne avez fait l'objet il y a peu n'était pas un hasard. Il fallait susciter chez vous une révolte – elle aurait d'ailleurs été modérée – pour vous placer en position de conflit apparent avec l'autorité. En donnant l'impression d'avoir à vous reprocher quelque chose, l'État écartait toute idée de collusion avec vous et donc tout soupçon d'une proximité dont on aurait pu fâcheusement tenter de percer la signification. Officiellement, l'orientation nouvelle de votre carrière vers un monde universitaire étranger ne sera pas présentée comme un privilège, mais comme un choix contraint par une sorte de disgrâce dont vous seriez touché ici. Je me suis laissé dire que certains de vos collègues allaient percevoir votre éloignement comme une punition dont ils auraient bien fait leur ordinaire…

– Tout était donc prévu, organisé ? dit Théo, partagé entre l'admiration et l'accablement.

– Je le crains, dit Michael avec un large sourire. On m'a dit que Léa avait superbement mordu à l'hameçon. Son indignation était parfaite, mais il va falloir maintenant qu'elle redescende sur terre. Vous pensez l'en convaincre ?

– J'essaierai », répondit Théo rêveur.

Épilogue

Théo s'installa dans le salon qu'on réservait aux passagers privilégiés. Il devrait attendre plus d'une heure avant l'embarquement du vol pour Boston. Pendant les trois jours qui s'étaient écoulés depuis sa rencontre avec le procureur américain, il était passé par des humeurs diverses et contradictoires. L'impatience et l'enthousiasme à l'idée de retrouver son père avaient été suivis par l'abattement et l'impression écrasante de n'être qu'un jouet du destin. Il aurait pu s'apercevoir plus tôt que sa vie ne pesait pas beaucoup sur le monde, mais il n'est pas facile d'admettre qu'on est une feuille portée par les caprices du vent. Chacun, par confort, se persuade d'une importance qui le protège du découragement et lui dissimule la dimension dérisoire de sa vie. Certains, dotés d'un caractère fort et d'un optimisme à toute épreuve, croient pouvoir influencer le cours de leur propre histoire et même parfois celui du monde. Il est curieux que les hommes placent leur dignité dans leur capacité à déterminer ce qui advient. Théo se demandait s'il avait jamais fait quelque chose pour s'approprier l'avenir. N'était-il pas plutôt, depuis toujours, le pantin consentant d'un hasard tout-puissant ? Fallait-il en concevoir un quelconque désappointement ? La réponse était désormais claire et il n'en éprouvait aucun regret. Quelle importance au fond qu'il n'ait eu aucun rôle dans la réapparition de ce père qu'il aimait tant, dans ce virage américain que prenait tout à coup sa vie, dans ce rapprochement du pouvoir qu'il n'avait jamais envisagé ! Concluons que la Providence sait ce qu'il nous faut mieux que nous, se rappela-t-il, comme pour s'excuser de ne pas être un héros.

Théo porta un regard circulaire sur les voyageurs qui, comme lui, attendaient un départ. Il n'en distingua pas un seul qui parût s'interroger sur sa condition. Tous semblaient baigner dans le bonheur d'être eux-mêmes. Il est vrai qu'il n'y avait là que des passagers de la classe affaires, que rien n'inclinait à la modestie. Quelques-uns s'acharnaient avec sérieux sur un ordinateur, sans qu'on sût s'ils entendaient délivrer un message à l'humanité, transmettre des instructions à un subalterne ou triompher du dernier jeu vidéo. Certains buvaient et mangeaient comme s'il leur fallait saisir l'opportunité rare d'un vin presque convenable et de quelques sandwiches à peine desséchés.

Une jeune femme brune tentait de faire passer par téléphone la béatitude souriante qui s'affichait sur son visage, comme le souvenir reconnaissant d'un orgasme inattendu. Un vieillard sur un fauteuil roulant était entièrement absorbé par l'inquiétude que lui donnait son impuissance. Aucun ne semblait déçu de n'être qu'un atome superflu de la création et de n'avoir qu'un rôle insignifiant dans le cours des choses.

L'idée de la mission à accomplir devait relever des rêveries de l'adolescence. La maturité correspondait probablement à l'acceptation apaisée d'un devenir médiocre et globalement inutile. Les louanges qu'on décerne à la sagesse ne sont souvent que l'habillage du renoncement en vertu. Mais aurait-il été plus louable de régler son pas sur des chimères ? N'était-il pas plus raisonnable de ne s'attacher qu'à l'instant et de chercher la réaction la plus adaptée ? D'où vient l'idée que le devoir doit ignorer la contingence et se soumettre à une folle inspiration ? La dignité est-elle dans le complexe missionnaire de Jeanne d'Arc ou de Charles de Gaulle, dans la solitude hautaine de celui qui dit non ?

Théo nourrissait une sincère admiration pour les grands caractères, mais il ne pouvait se retenir d'une forme de suspicion à leur endroit. Étaient-ils conduits par la révélation d'une vérité qu'il fallait faire triompher de la pensée commune ou à ce point ivres d'eux-mêmes qu'une croisade contre les idées vulgaires fût l'occasion d'apostropher l'omnipotence divine ? Théo savait qu'il ne serait jamais l'un de ces inspirés. Le manichéisme des grands choix, l'enthousiasme des certitudes combattantes étaient des excès dont il s'était toujours méfié. Son habitude de l'analyse l'amenait irrémédiablement à débusquer quelque chose de respectable dans les positions les plus antagonistes. Le militantisme lui était en conséquence toujours apparu comme une démission de l'intelligence. Il s'était habitué à son incapacité à prendre parti et résigné à vivre en dehors de l'histoire. On finit toujours par s'accoutumer à ce que l'on est.

D'ailleurs, l'activisme bruyant des partisans convaincus n'était plus à la mode. Il y avait bien toujours ces rassemblements turbulents et perturbateurs des laissés-pour-compte qu'on retrouvait en fin de semaine sur les ronds-points ; mais ces protestataires tonitruants ne représentaient qu'une minorité plus folklorique que vraiment politique. On ne savait trop quelles étaient leurs demandes ; eux-mêmes ne semblaient pas les avoir jamais clairement identifiées. Ils étaient dans la vocifération, comme on est dans le cri pour juguler la peur. Ils s'époumonaient tour à tour contre l'injustice dont ils étaient victimes, contre les puissants qui décidaient de tout, contre le prix de l'énergie ou celui de la viande, contre l'indifférence des riches à la survie de la planète. Selon les jours, un thème ou un autre devenait fondamental. On ne se souciait plus de ce qu'ils étaient supposés soutenir, mais on les regardait avec reconnaissance, presque avec tendresse : ils étaient les derniers détenteurs du courage de dire non, sans qu'on sache à qui ou pourquoi. On devinait que dans leurs propos décousus s'abritait une force de changement dont il était rassurant de constater que le peuple gardait le souvenir. Ils étaient des fanatiques, déraisonnables et pourtant utiles, aussi insensés que ces prêtres dont les églises étaient vides, mais qu'on remerciait de garder la mémoire de Dieu. On aurait peut-être un jour besoin de ces vieilles choses.

Le plus délicat pour Théo, dans l'étrange aventure que devenait sa vie, avait été d'y faire entrer Léa. Une solution lui avait un instant traversé l'esprit, celle de ne rien lui dire, de l'exclure de cette vie nouvelle, de la rayer de son univers. Mais à peine l'hypothèse s'était-elle esquissée que Théo l'avait chassée avec horreur. Elle relevait du blasphème. Certaines pensées surgissent en nous comme un diable bondirait du néant pour nous entraîner dans le mal. Il n'est alors pas question de soupeser la valeur de l'idée ; la seule perspective qu'elle ébauche est si scandaleuse qu'on ne se pardonne pas de l'avoir laissée s'exprimer.

Théo redoutait la réaction de Léa. Elle était pour lui toujours imprévisible. Parfois elle s'insurgeait sans qu'il comprît vraiment pourquoi ou, inversement, elle s'amusait d'une situation dont il pensait qu'elle s'indignerait. Il était bien incapable de savoir comment elle prendrait la révélation qu'il allait devoir lui faire, comment elle supporterait l'obligation de mentir, même par omission. Léa était une femme franche et directe. Le voile gris et trompeur de l'affabulation était contraire à sa nature. On ne l'imaginait pas dans la duplicité ; un tel jeu eût été contraire à son sens de l'honneur. Qu'elle soit tout à coup dans la colère, qu'elle proteste vigoureusement sans se préoccuper de la juste mesure, voilà qui lui ressemblait beaucoup plus. Comment allait-elle vivre le rapprochement que Théo avait involontairement opéré avec le pouvoir ? Lui pardonnerait-elle d'avoir dialogué sans répugnance avec les responsables d'un ordre social reposant à ses yeux sur le renoncement et la veulerie ? Accepterait-elle qu'il ait trouvé à son vieux camarade François une sorte de courage discret, un héroïsme désespéré consistant à abandonner les grandes valeurs qu'elle aimait ? Léa était depuis longtemps habitée par un sentiment de révolte devant le modèle atone d'une société où la préservation des plaisirs l'emportait sur toute autre finalité. Elle savait bien que ses compatriotes préféraient le confort à la liberté et qu'ils auraient voué aux gémonies toute idée de justice qui les aurait privés de la moindre jouissance. Mais elle ne renonçait pas au primat de la liberté sur les satisfactions médiocres, non plus qu'à celui de la conquête sur l'avachissement. Léa avait gardé une tendresse particulière pour la bonne vieille gauche, celle qui avait été la matrice de la république. Elle savait pourtant qu'elle s'était éteinte, doucement, comme un vieillard que la nature rappelle, mais elle aimait évoquer ce courant de pensée qui, pendant des siècles, avait prôné l'effort, le sérieux, l'étude, l'égalité d'accès aux plus hautes fonctions sur le seul critère du mérite. Bien sûr, il fallait jeter un voile pudique sur les limites du socialisme à la française. Il ne s'était pas rendu compte que son idéal ouvrait sur la délivrance, pour les plus méritants des classes populaires, d'un ticket d'entrée dans la bourgeoisie. Le peuple, lui, n'avait pas été dupe. On lui proposait de maintenir la structure hiérarchisée d'une société de classes, mais en changeant un peu, à chaque génération, l'origine de ceux qui accédaient au pouvoir. La belle affaire ! Ce qu'il voulait, le peuple, c'est que les dominants disparaissent, que les chefs ne soient plus visibles, qu'on gomme l'arrogance de la hiérarchie. Il lui importait peu que ceux qui l'encadraient aujourd'hui fussent sortis de ses rangs ; l'acceptation d'une fonction de commandement et de ses privilèges signait la trahison, la rupture. Il fallait que cela cesse. Si pour y parvenir on devait installer un seul maître, chargé d'exterminer les dirigeants intermédiaires, ce serait un moindre mal. Les dictatures ont le talent de faire croire à l'égalité, puisque tous sont soumis à la férule d'un seul. Aujourd'hui cependant les égarements sanglants des régimes autoritaires interdisaient qu'ils incarnent une quelconque espérance. Après quelques millions de morts, on avait compris que cette proposition égalitaire n'était qu'une supercherie. On s'était mis d'accord sur un gouvernement discret, presque invisible, une sorte de superstructure anonyme et gestionnaire dont l'ordre de mission était, selon une formule éprouvée, d'assurer au peuple du pain et des jeux. Bien qu'elle sût tout cela, Léa continuait d'aimer cette gauche disparue, oscillant entre la Constituante et la Troisième République. Elle en était d'ailleurs un pur produit, à tel point qu'on pouvait se demander si cette préférence politique, franchement anachronique, n'était pas un hommage à son propre parcours, une légitimation – ou peut-être une excuse – de son entrée dans l'élite.

Accepterait-elle le tournant américain de la vie de Théo, la collusion avec une nation où l'université abritait la culture comme un musée renferme l'art, ou plutôt le confisque au profit de quelques initiés, sous le prétexte fallacieux de le rendre accessible à tous ? Se révolterait-elle en apprenant qu'on l'avait insultée à dessein à la mairie de Vaugirard ? Soupçonnerait-elle Théo d'avoir été depuis longtemps dans la confidence et de s'être moqué d'elle comme les autres ? Imaginerait-elle qu'il ait organisé ce scénario pour l'amener à le suivre en Amérique ? Cette hypothèse machiavélique était sans fondement, mais elle expliquerait une démarche administrative dont on comprenait mal que Théo l'ait trouvée nécessaire ou même seulement utile.

Il avait donc fallu tout lui dire, enfin, presque tout. Théo ne s'était pas autorisé à révéler des détails qui, si elle ne se ralliait pas au projet, mettraient son père en danger et rendraient vain l'engagement de discrétion que lui-même avait pris. Au début, elle l'avait écouté avec sérieux et neutralité, semblant se concentrer pour ne rien perdre d'un discours complexe et inattendu. Il avait même eu l'impression que la stupéfaction installait dans son regard une fixité incrédule. Puis, son visage s'était détendu, affichant une étrange expression discrètement amusée, à peine perceptible, qui avait plongé Théo dans la perplexité et l'inquiétude. Il avait pour son jugement une sorte de déférence qui le conduisait à craindre que ne survienne à tout moment une conclusion tranchée et défavorable. Ce que les autres appelaient la vie demeurait souvent étranger à Théo, au point qu'il se soupçonnait d'être, en toutes choses, capable du mauvais choix. Elle était parvenue à le convaincre que l'aisance qu'il montrait dans l'abstraction était proportionnelle à la détresse qu'il aurait dû ressentir quand il s'agissait du vrai monde. Il était d'ailleurs exact que les alternatives de l'existence quotidienne lui paraissaient souvent équivalentes, comme si, dans le domaine de l'*hic et nunc*, rien n'avait vraiment d'importance. Léa, elle, affichait une telle assurance, quand il s'agissait d'options existentielles, que ce ne pouvait être sans raison. Elle avait à coup sûr un don, un flair, un sens animal du concret et de l'histoire immédiate dont lui se savait dépourvu. Il avait besoin de son approbation pour être rassuré sur la valeur de son propre jugement et de ses choix. Elle était son experte de l'inconnu, l'épaule sur laquelle il devait poser la main, comme un aveugle, pour avancer sans tomber. L'idée ne lui était jamais venue qu'elle aurait pu exploiter la distance méfiante qu'il entretenait avec le réel pour installer un pouvoir et le conduire comme un enfant.

Théo avait été d'autant moins prolixe qu'il souhaitait en finir au plus vite avec cet exposé et savoir enfin ce qu'en pensait Léa. Elle n'avait pas semblé contrariée par ce qu'il lui apprenait. Il y avait même sur son visage, après l'étonnement du début, une ombre apaisée et rieuse qu'il ne s'expliquait pas. Avait-il mal interprété ses expressions ? Croyait-elle à une plaisanterie ? Était-il envisageable qu'il eût joué avec la mort de son père ? Quand il s'était tu, Léa n'avait pas immédiatement réagi. Son sourire s'était peu à peu affirmé, mais elle semblait ne l'adresser à personne. Une pensée non exprimée inscrit parfois un signe incontrôlé sur les traits de celui qui dialogue avec lui-même. Le silence régnait désormais, un silence léger et solennel qui n'annonçait aucune violence, le silence déférent de celui qui se soumet à une autorité qui le domine de très haut. Ni l'un ni l'autre ne bougeaient. Théo retenait même son souffle, sans qu'il sût pourquoi, comme on prend spontanément une attitude recueillie en entrant dans un lieu où règne l'esprit. La crainte qui l'avait assailli s'était dissipée ; il n'était plus dans l'attente fébrile d'un événement, mais dans la sollicitation patiente et respectueuse du verdict du destin.

« Comme tout cela est étrange », dit Léa sur un ton à la fois accablé et ravi, le regard perdu dans l'infini.

Elle poursuivit, sans que Théo pût déterminer si elle s'adressait à lui ou s'il était le témoin fortuit d'un monologue.

« Je pensais à toi ces derniers jours, ou plutôt à nous, à l'avenir que nous avions ensemble. Je me disais que, au-delà des sentiments qui nous unissent, tu as des qualités qui te rendent précieux, rassurant, presque unique : ta solidité, ta fidélité, ton sens moral, tout ce qui fait un bon mari et un père respectable. Je ne devrais pas te le dire, mais j'ai l'âge où l'on commence à devoir domestiquer l'amour. Si, si, ajouta-t-elle comme pour s'opposer à une protestation qu'il n'avait pas formulée, je vais avoir trente ans. Je dois privilégier la fermeté du bras sur lequel je m'appuie à l'étourdissement ludique qu'apporte un compagnon plus imaginatif que responsable. »

Elle l'interpellait désormais directement, le regardant en face :

« Ne te réjouis pas trop vite. Le sérieux, c'est aussi le risque de l'ennui, la menace du conformisme, la soumission à l'ordre établi, l'approbation de toutes les propositions de l'autorité, tout ce qui nous a conduits à la mairie du XVe pour obtenir un certificat inutile. J'aurais pu me demander à quelle autre aventure humiliante ton esprit discipliné allait nous offrir en pâture. Je sais le confort que tu ressens dans l'habitude, la douceur qui t'envahit dans le recommencement, la vision apaisante que te donne le changement prévisible. Pour parler ton langage, le retour du même renferme ta conception du bonheur et de l'éternité, une éternité mobile, mais sans à-coups, sans saccades, en un mot sans surprises. Cet éternel retour véhicule pour moi l'inéluctable, l'inexorable, l'impuissance et la mort. Autant te dire que ton inclination était de nature à me troubler. Il n'y a que le mouvement soudain, le surgissement imprévu qui porte la vie ; aujourd'hui celle de ton père, demain la tienne, la nôtre. Bouger, changer, renier même quand il le faut, c'est vivre et sentir que l'on vit. Je t'envisageais en promoteur possible d'une existence sans fantaisie et te voilà en messager du bouleversement et de l'aventure ! C'est un bon début », conclut-elle en riant et en se blottissant dans ses bras. Puis, comme pour atténuer avec malice ce que ses mots avaient de rassurant, elle ajouta :

« Il est évident que tu n'es pas pour grand-chose dans ces événements romanesques, mais un homme vaut aussi par la part de destin qu'il porte sans le savoir, par l'étoile qui conduit secrètement son chemin. Notre monde ne nous promettait ni surprise, ni bouleversement ; nous étions inscrits dans un devenir prévisible et morne qu'il allait falloir assumer. Nous ne pouvions compter que sur la chance et tu en es le héraut. »

Elle avait dit cela avec un sourire malicieux qui exprimait le plaisir qu'elle puisait dans l'ambiguïté phonétique.

Théo revivait cette scène en cheminant lentement sur la passerelle qui conduisait à l'avion. Ce passage prenait tout à coup une signification symbolique, celle du rite qui consacre l'entrée dans une vie nouvelle.

Léa le rejoindrait dans quelques jours, quand le père et le fils auraient dominé l'émotion des retrouvailles.

Composition réalisée par Belle Page

Cet ouvrage a été imprimé en France par
CPI Bussière
Z.I. rue Pelletier Doisy
18200 Saint-Amand-Montrond (France)

pour le compte des Éditions Fayard
13 rue du Montparnasse, 75006 Paris
en décembre 2024

PAPIER CERTIFIÉ

fayard s'engage pour l'environnement en réduisant l'empreinte carbone de ses livres. Celle de cet exemplaire est de :
0,500 kg éq. CO_2
Rendez-vous sur www.fayard-durable.fr

N° d'édition : 55-6938-0/01 - N° d'impression : 2080620